Köln, 3. März 2009

BoD™
BOOKS on DEMAND

**Die galgen tat man abschaf-
fen / aber die schelmen seynd
geblieben.**

(Aus **Der gepfefferte SprüchBeutel**, gesammelte Erfahrun-
gen, die unsere Vorfahren als nützliche Weisheiten aufgeschrieben
und weitergegeben haben, zusammengestellt von Fritz Scheffel.)

Bert Per

Köln, 3. März 2009

Was wirklich geschah!

Bibliografische Information der Deutschen Nationalbibliothek:
Die Deutsche Nationalbibliothek verzeichnet diese Publikation in der Deutschen Nationalbibliografie; detaillierte bibliografische Daten sind im Internet über http://dnb.dnb.de abrufbar.

Herstellung und Verlag: BoD – Books on Demand,

Norderstedt ISBN: 978-3-7392-1242-5

Inhaltsverzeichnis

In eigener Sache

Am 3. März 2009, 13.58 Uhr, stürzte das Stadtarchiv in Köln in der Nähe einer U-Bahn-Baustelle ein. Zwei Tote wurden später am Unglücksort geborgen.

Die offiziellen Untersuchungen fanden die Ursache darin, dass Mitarbeiter der am U-Bahn-Bau beteiligten Firmen notwendige Eisenbewehrungen nicht erstellt, sondern das Material zu eigenem Vorteil verkauft hatten.

Diese Sichtweise lässt aber viele Fragen offen:

- Wieso können Bauarbeiter tonnenweise Eisenpakete aus einer hochoffiziellen Baustelle wegschaffen und verscherbeln? - Stimmt das überhaupt, oder soll hier ein Bauernopfer gebracht werden?
- Wieso sind plötzlich neunzehn nicht genehmigte Brunnenbauten im Unglücksgebiet im Gespräch und wieso verschwindet die Diskussion genau so plötzlich wieder? - Soll da etwas verheimlicht werden?
- Wieso hat man keine sorgfältige Dokumentation aller Arbeitsvorgänge und deren Resultate? - Oder will man sie nicht offenlegen?
- Wieso wird ein klappbarer Pionierspaten im Unglücksloch gefunden, aber nicht als besonderes Fundstück dokumentiert? - Ist man zu bequem, die dazu erforderlichen Untersuchungen in Gang zu setzen: Woher, von wem, wozu?

Wir sind diesen Unstimmigkeiten nachgegangen und sind zu einem erschreckenden Ergebnis gekommen, das über eine Schlamperei bei öffentlichen Bauvorhaben hinausgeht.

Der vorliegende Bericht deckt Ursache, Vorgang und Konsequenzen des Archiveinsturzes auf. Die offizielle Seite, die Stadt Köln als Archiveigentümer und Sprecher der Aufbereitung des Geschehens und der Restaurierung, negiert die Ergebnisse; sie darf sie einfach nicht akzeptieren, ja, sie darf sich nicht einmal mit ihnen auseinandersetzen! Die Konsequenzen wären unabsehbar. Insofern ist ein gewisser politischer Druck von Düsseldorf, Berlin und Brüssel nicht auszuschließen.

Prolog

Bald hat er es geschafft!

Er liegt bäuchlings in einem Stollen, der ihm nur eine geringe Bewegungsfreiheit lässt. Rechts und links Lehm mit Steinen, über sich eine unregelmäßig geformte Betondecke. Das muss der Boden des Gebäudes sein! Es geht nun viel einfacher als noch vor einer Woche. Da konnte er mit dem Spaten vor sich nur ein wenig die Erde aufkratzen, in dem sich im Laufe der Jahrhunderte Kies angesetzt hatte, und manchmal holte er nur drei, vier Steine mit einer Aktion heraus. Dann schob er die Erde und die Steine hinter sich. Wenn er dreißig Zentimeter abgebaut hatte, musste er zurückkriechen und die Ablagerung entfernen, sonst hätte er sich den Rückzug verbaut.

Jetzt aber läuft es! Ja, es läuft, im wahrsten Sinne des Wortes. Reiner Kies hat das Lehm-Kies-Gemisch abgelöst. "Prima", denkt er, "das lasse ich mir gefallen." Das ist doch was anderes als zu Beginn seiner Arbeit, als er von der Baugrube der U-Bahn aus sich hierhin vorarbeitete. Nun ist er bald am Ziel. Mit einem Stoß nach vorne hat er sein Spatenblatt gefüllt und jongliert es nach hinten. Allmählich hat er im laufenden Kies mehr Platz gewonnen.

Es wird nur noch knapp eine Woche dauern, dann hat er das gewünschte Papier. Und dann ist auch die Belohnung fällig. Endlich der Doktortitel! Dr. phil. würde er dann sein! Und dann steht seiner wissenschaftlichen Laufbahn nichts mehr im Wege.

Andererseits, was er hier gemacht hat, war auch nicht ohne! Zwei, ja fast drei Monate diese Sklavenarbeit, Schwerstarbeit. Und zudem in dieser Enge! Was für Angst hatte er doch zuerst gehabt! Es hatte eine Woche gedauert, bevor er seine Platzangst im Griff hatte. Ungern denkt er an die ersten Tage und seine Phobie zurück.

Und überhaupt, wer hatte denn die Idee, durch die offizielle Baugrube einen Zugang zu graben, und wer hat einen Eingang zur Baustelle gefunden, der niemandem verdächtig war, und wer hat das Risiko auf sich genommen, so zu arbeiten?

Schade ist, dass er nicht der Öffentlichkeit sagen darf, dass letztlich er hinter allem steht! -

Vielleicht kann er seine Karriere etwas beschleunigen! Dr. habil. wäre seine mittelfristige Zielsetzung. Ein finanzielles Zubrot sollte auch abfallen. Damit müsste er sich endlich einen neuen Golf leisten können. Ja, klar, er muss mal mit ihm sprechen. Es wäre doch schade, wenn andere von dieser Grabung wüssten und Kenntnis vom Inhalt der Schrift erhielten!

Bei diesen Gedanken, die ihm durch den Kopf fuhren, maß er dem Knirschen, das hin und wieder einsetzte, keine Bedeutung zu. Das hatte er in den letzten Tagen öfters bemerkt. Zuerst war er erschrocken gewesen, dann aber war es für ihn ein gewohntes Geräusch zur Untermalung seiner Arbeit geworden. Der Lehm machte allmählich Platz einem lockeren Kies, den er schneller wegräumen konnte.

Ab und zu rauschte , ja, rauschte der Kies in Eimergröße zur Seite weg, verschwand für ihn, weggesaugt auf Nimmerwiedersehn.

Zehn Meter entfernt verharrt ein Schatten; er beobachtet die Arbeit des Schaufelmannes. Das macht er seit vier Wochen, nicht regelmäßig. Nach eigenem Gutdünken macht er sich auf seinen Beobachtungsposten. Es hatte eine Weile gedauert, bis er den Einschlupf des Schaufelmannes an einem im

Rahmen des U-Bahn-Baus angelegten Brunnen entdeckt hatte. Und dann durfte er von diesem auf der Verfolgertour nicht gesehen werden! Es genügte, wenn sie sich im Nachbarhaus schon mal auf der Treppe oder vor dem Aufzug trafen. Nachdem er den Schaufelmann als Bewohner identifiziert hatte, war es ihm gelungen, in dem Haus noch ein Zimmer zu ergattern. Glücklicherweise! Dem bisherigen Mieter waren die „Arbeiten und der Lärm der Baustelle", wie er sich ausdrückte, „zu lästig geworden", und er war zu seiner „Mama nach Nippes" gezogen.

Okay, ihm sollte es Recht sein; damit hatte er ein Zimmer in der Nähe des Schaufelmannes bekommen, und er konnte ihn beliebig beobachten. Warum? Er soll dem da vorne das Papier abnehmen, das der da vorne holen will. Ansonsten keine Ahnung, das ist ihm aber auch egal! Wissenschaftler sind schon manchmal komisch, und sein Auftraggeber war hundertprozentig einer von dieser Sorte. Hauptsache ist, er bekommt regelmäßig sein Geld für die Weitergabe der Beobachtungen. Und damit ist er auch zufrieden.

Er bemerkt auch das immer öfter und stärker werdende Knirschen bei der Arbeit des Schaufelmannes. Ob das Gefahr signalisiert? Ihm wird unbehaglich zumute, und dann wünscht er sich doch, einen weniger gefährlichen Auftrag angenommen zu haben, zum Beispiel wie damals für eine Ehefrau ihren „Schatz zu beschützen, wenn er von der Arbeit nach Hause will. Er darf das aber nicht merken". Das bedeutete Ehemann-Beobachtung vom Feinsten! Na ja, meistens unerquicklich, dafür aber auch ungefährlich. Manchmal hat es aber seine guten Seiten, wie letzthin, wo sich herausstellte, dass sich das Ehegesponst noch zu einem Kölsch in die Malzmühle begab, und er mit dem Beobachteten ins Gespräch gekommen war und mehrere Stangen inhaliert hatte. Ein dufter Typ, und er war schon geneigt, seinen Auftrag zurückzugeben.

Aber was soll's, er muss schließlich leben. Ein Glück, die Ehefrau zog bald darauf ihren Auftrag zurück, bezahlte fürstlich, und er stand wieder da und wartete auf eine neue Arbeit.

Als dann der wissenschaftliche Typ kam und mit gutem Honorar winkte, konnte er nicht „Nein!" sagen. Jetzt geht es ja auf die Zielgerade; er merkt es an der Hektik, die der Schaufelmann an den Tag legt. Bald würde der und damit er selbst das Papier in den Händen haben. Fertig, Aus! Er würde sich von seinem Honorar zwei Wochen Mallorca leisten, das hat er sich verdient, und schon drei Jahre hat er keinen Urlaub mehr gemacht. Dann bleiben auch noch paar Euro übrig; ja, eine neue Kamera, die braucht er auch. Seine alte Pentax ist nicht mehr zeitgemäß!

Er erschrickt: Da kommt jemand von der Einstiegsseite auf ihn zu gekrochen. Er hält die Luft an, und seine Gedanken überschlagen sich. „Wer weiß denn weiter noch von diesem Einstieg?" Der Besucher leuchtet mit einer kleinen Lampe großzügig um sich. Der Schattenmann erkennt seinen Besucher. „Pst!" und „Aus das Licht", flüsterte er ihn im Befehlston an. Es ist der junge Bäcker, ein Mitbewohner aus dem dritten Stock von oben. Er hatte ihn, als sie sich damals vorgestellt hatten, gebeten, ihm morgens immer zwei frische Brötchen mitzubringen.

Der junge Mann wollte einen Scherz machen und sagte, nun auch flüsternd: „Ich wollte Ihnen die Brötchen bringen, es ist schon nach 12 Uhr am Mittag!"

Dem Schattenmann ist nicht nach Scherzen zu Mute, und er fragt nur leise: „Wie kommen Sie hier hin?"

„Ich habe Sie schon einige Tage beobachtet. Und heute wollte ich einmal sehen, was Sie hier machen."

Der Schattenmann denkt: „Einen weiteren Zeugen können wir aber gar nicht brauchen." Und er fragt seinen Besucher: „Weiß noch jemand von dieser Geschichte?" Und wenn er später sein Gewissen befragt, dann muss er eingestehen, dass er in diesem Moment daran gedacht hatte, den jungen Mann gänzlich aus dem Verkehr zu ziehen. Das wäre doch in dieser Dunkelheit eine Kleinigkeit gewesen, und eine Leichtigkeit zudem, die Spuren seiner unrechtmäßigen Handlung zu beseitigen.

„Nein, da bin ich mir sicher!" hört er von ferne.

Der Schattenmann wird in die Wirklichkeit zurückgerufen. Verwirrt fragte er: „Was, wie?"

„Es weiß anders niemand."

Das Schicksal nimmt dem Schattenmann jegliche Entscheidung ab.

Der junge Mann hat den Satz nicht ganz ausgesprochen, da wird das Rauschen stärker, ein Gurgeln entsteht in der Baugrube, der Kies läuft weg, nicht mehr nur in kleinen Schüben, sondern unaufhaltsam. Aus dem Gang des Schaufelmannes bricht nun sogar der Lehm mit den eingebackenen Kieseln weg, hilflos rutscht er mit dem Kies nach unten, zuerst langsam; er versucht sich nach oben zu robben. Erfolglos; er rutscht weiter, verliert dabei seine Bergmannslampe von der Stirn. Hilflos muss er zusehen, wie sie mit dem Kies in gurgelndem Wasser versinkt und verlöscht. Es knackt über ihm einmal, zweimal, dann birst mit donnerndem Getöse die Betondecke. Er schreit noch „Nein!", und nur der Schattenmann und dessen Besucher hören ihn; der eine schreit auch „Nein, oh Gott!" und versucht, zum rettenden Ausgang zu kriechen. Der andere schreit mit schriller Stimme nach seiner Mutter und rutscht mit dem laufenden Kies nach unten dem aufgewühlten Wasser entgegen.

Dann erschlagen die gewaltigen Betonstücke gnädig Schaufelmann und Schatten vom Schattenmann. Nachstürzende Steine, Schuttstaub, Eisenträger, Holzbalken, Bücher, Urkunden, Tische, Stühle, Bücherregale begraben endgültig die Beiden und besiegeln ihr Schicksal: Sie hatten unterschiedliche Motivation und Ziele hier zu sein. Der eine war von Karrieresucht, der andere von Neugier getrieben. Nun haben sie das gleiche Ende gefunden, und sie werden beide vielleicht auch für immer in der gleichen Erde ruhen! - Nebeneinander.

An dem einen Brunneneingang kann sich ein völlig verdreckter, durchnässter, leicht verletzter Mann in Sicherheit bringen, bevor Erde und Kies hinter ihm trichterförmig nach unten gurgeln.
Zu den gaffenden Menschen mit ihren fragenden Blicken sagt er verstört nur ein paar Worte: "Ich habe einen Riesenknall gehört. Es war furchtbar, wie in einem Hollywood-Film." Er übergibt sich und kollabiert. Minuten später schaffen ihn zwei Sanitäter auf einer Trage zum Notarzt.

**Das Unglück
(Handelsblatt 03.03.):**

In der Kölner Innenstadt ist das Historische Stadtarchiv am Dienstag komplett eingestürzt. Auch zwei Nachbargebäude brachen großenteils zusammen. Am Abend wurden noch drei Menschen vermisst. Der Schaden gilt als unschätzbar, Wissenschaftler sprachen davon, dass das „Gedächtnis der Stadt" ausgelöscht worden sei.

Zunächst war in den Trümmern nach neun Menschen gesucht worden, später stellte sich heraus, dass sechs Vermisste gar nicht am Unglücksort waren. Sollten tatsächlich Menschen verschüttet worden sein, sind ihre Überlebenschancen gering. „Eine schnelle Rettung ist nicht möglich", sagte der Direktor der Kölner Feuerwehr, Stefan Neuhoff. Es sei unwahrscheinlich, dass sich in dem Schutt Hohlräume befänden. Wegen Einsturzgefahr müsse nun zunächst die Unglücksstelle gesichert werden, wozu 1000 Kubikmeter Beton nötig seien. Mit den Bergungsarbeiten könne nicht vor Mittwoch begonnen werden.

Neuhoff erklärte, in der unmittelbar benachbarten 28 Meter tiefen Baugrube für die U-Bahn-Erweiterung sei wohl eine Öffnung entstanden. In diese Öffnung sei Erde nachgerutscht, und dadurch sei dem Historischen Archiv möglicherweise der Boden entzogen worden. Auch der Projektleiter der Kölner Verkehrsbetriebe für die U-Bahn-Erweiterung, Rolf Papst, sagte, es könne sein, dass die Absackung mit Aushubarbeiten in der Grube zu tun habe. Dort entsteht zurzeit eine Weichenkonstruktion.

Statiker prüften, ob auch noch andere Gebäude einsturzgefährdet waren. Da ein 30 Meter hoher Baukran vielleicht auf unsicherem Grund stand, wurden 76 Bewohner eines benachbarten Altenheimes in Sicherheit gebracht. Im Umkreis von 150 Metern räumten die Behörden alle Gebäude. Wie viele Menschen insgesamt ihre Wohnungen verlassen mussten, war unklar.

Der Schaden beläuft sich auf zig Mio. Euro, aber vieles lässt sich in Geld gar nicht bemessen. Schätze der zweitausendjährigen Kölner Stadtgeschichte dürften für immer verloren sein. Eberhard Illner, ein langjähriger Abteilungsleiter in dem Archiv, sagte im Deutschlandradio Kultur, der Schaden sei größer als beim Brand in der Anna-Amalia-Bibliothek in Weimar: „Wir reden hier von ungefähr 18 Regalkilometern wertvollsten Archivguts, und zwar europäischen Ranges." Köln war im Mittelalter die größte Stadt Deutschlands. Der nordrhein-westfälische Bauminister Lutz Lienenkämper (CDU) sagte, das Archiv habe „die größte und bedeutendste Sammlung ihrer Art in Deutschland" bewahrt.

Die Mitarbeiter und Nutzer des Archivs konnten sich nach vorläufigen Erkenntnissen retten, weil sich der Einsturz durch Geräusche ankündigte. Augenzeugen berichteten auch davon, dass Bauarbeiter gerufen hätten, man solle sich schleunigst in Sicherheit bringen. In die benachbarte Grube für den U-Bahn-Bau drang nach dem Einsturz Wasser ein. Der dadurch entstandene Schaden sei jedoch begrenzt, sagte ein Sprecher der Kölner Verkehrsbetriebe.

Bei Polizei und Feuerwehr wurde Großalarm ausgelöst. Das Gebiet rund um den Unglücksort an der Severinstraße wurde weiträumig abgesperrt. Augenzeugen erzählten von einem dumpfen Krachen und einer riesigen Staubwolke. Eine Kioskbesitzerin sagte: „Die komplette Kreuzung war in dunklem Nebel. Das sieht hier aus wie am 11. September."

Der U-Bahn-Tunnel verläuft direkt neben der Unglücksstelle an der Severinstraße, über die vor gut einer Woche noch der Rosenmontagszug gerollt war. Ex-Abteilungsleiter Illner bezeichnete den Einsturz als eine „absehbare Katastrophe". Noch in der vergangenen Woche habe es erneut Hinweise auf erhebliche Senkungsrisse gegeben. „Man wird also jetzt danach forschen müssen, wer ist verantwortlich dafür", sagte er.

In dem eingestürzten Hauptgebäude befanden sich laut Illner die Hauptbestände des Archivs, wie zum Beispiel die seit

1000 Jahren gelagerte komplette Überlieferung der Stadt Köln. Außerdem lagerte dort ein großes Nachlassarchiv von Schriftstellern wie Heinrich Böll und Komponisten sowie ein bedeutendes Architekturarchiv. „Das sehe ich jetzt vor mir unter Bergen von Beton und Bergen von Schutt. Das ist erschütternd", sagte Illner.

Der Bau der sogenannten Nord-Süd-Bahn hat schon für viel Ärger gesorgt. Die Kosten für das Projekt explodierten, die Geschäftsleute an der Severinstraße klagten über Umsatz-Einbrüche. Auch ein Kirchturm geriet durch den Tunnelbau in Schieflage.

Erste Verdachtsmomente

Kube, mit bürgerlichem Namen Kurt Becker - aber bei seinen Freunden war er nur unter dieser Kurzform bekannt – Kube also legte die Zeitung aus der Hand, lehnte sich in den Sessel zurück, starrte an die Decke und dachte nach: "Mann, das ist ja ein Ding: wahrscheinlich ein paar Tote, als Konsequenz der Rückschritt im U-Bahnbau, die vernichteten Dokumente; Urkunden, Bücher, die wahrscheinlich für immer zerstört oder verschwunden sind!"

Er war letzthin noch im Stadtarchiv gewesen und hatte dort eine Führung mitgemacht. Da waren die Dokumente, die die adelige Abstammung eines gewissen Manes Schmitz beweisen sollten. Dabei hatte ein Graf von Flamersfeld mit juristischen Mitteln dies heftig bestritten.

Kube musste trotz der gerade verinnerlichten Horrormeldung lachen: "Manes Schmitz, rheinischer Uradel." Ein toller Witz! - Aber da würde ja nun nichts mehr draus.

"In einem anderen Fall sind Jahrhundert alte Grundstücksansprüche verloren gegangen. Ein gewisser Charly Bergmann kann jetzt keine Urkunden mehr zum Beweis seiner Eigentümerschaft heranziehen."

Wie Kube bei der Führung gehört hatte, war Bergmann nach Jahre langer Suche auf das Material im Stadtarchiv gestoßen und war nun ziemlich sicher gewesen, den Zuschlag für das millionenschwere Erbe zu bekommen. Nun aber war alles futsch!

Kube setzte sich ans Klavier und spielte; das tat er immer, wenn es bei ihm innerlich brodelte, wenn Unerwartetes Besitz von ihm ergriff, wenn Gedanken sich bei ihm einnisteten, die er nicht gerufen hatte und die er nicht mehr loswurde. Und da half die Musik ihm, ein wenig Abstand zu gewinnen.

Es lief in seinem Gehirn nicht mehr wirr und unkontrolliert ab, sondern es ordnete sich, zeigte sich klar und deutlich, und nach minutenlangem Improvisieren am Klavier stand für Kube fest: *Beim Einsturz des Stadtarchivs Köln hat jemand nachge-holfen; er kommt einigen Personen zu gelegen.*

Bei Kube erwachte der Jagdinstinkt, und das wollte er morgen direkt klären. *Wer hat einen Vorteil durch den Einsturz des Gebäudes?* Und anfangen mit seinen Recherchen wollte er bei Charly Bergmann und Manes Schmitz.

Er improvisierte noch über *My way*, und jeder, der ihn kannte, konnte daraus schließen, dass damit das Ende seiner musikalischen Meditation gekommen war. Er stand auf und machte sich ein paar Notizen. Dann schaute er auf die Uhr und erschrak: "Da wird es aber höchste Zeit. Ich bin doch mit Marilyn verabredet!" Und so ein Date darf er doch nicht ge-fährden!

Kube hatte sich reiche Eltern ausgesucht; die waren so be-tucht, dass er die besten Schulen und Internate besuchen konnte. Das Apostelgymnasium musste er allerdings gezwun-gener Maßen verlassen; das tat aber seiner Bildung und Ausbildung keinen Abbruch. Er kam dann einfach eben mal in ein Internat nach St. Moritz. Für einen Monat Aufenthalt ihres Sohnes mussten seine Eltern soviel Geld in den Kurort schik-ken, wie andere für das gesamte Studium ihrer Zwillinge, so-fern sie welche gehabt hätten.

Ein Glückspilz, der Kube! - Nun könnte man meinen, dass er ein Ekelpaket gewesen wäre, ein arroganter Sack, ein fieser Neureicher, so ein Selbstdarsteller, ein G. R. aus einer Geldse-rie wie *Dallas*! - Weit gefehlt! Kube war ein toller Typ, er war auf dem Teppich geblieben, war großzügig seinen Freunden gegenüber, ohne sie damit in irgendeine Abhängigkeit zu bringen, er hatte keinen Größenwahn, er war fleißig in der Schule und später beim Studium, das er konsequent durchzog, Reine Mathematik, Logik und Philosophie waren seine Fächer.

Jeder sagte zunächst einmal, wenn er das zu hören bekam: „Was kann man denn damit später anfangen?" Nach kurzem Nachdenken aber gab man sich selber die Antwort: „Der hat doch genug Geld, der macht das nur aus Spaß und Freude an der Sache!"

Als Sechsundzwanzigjähriger kehrte er mit dem Doktordiplom in der Tasche nach Hause zurück. „Köln ist meine Heimat." - „Un he bliev ich," fügte er hinzu. Viele meinten: „Na klar, der übernimmt jetzt das elterliche Geschäft." Die so dachten, hatten sich aber verschätzt! Er überließ die Geschäftsführung seinem jüngeren Bruder, der unter der Anleitung des Vaters langsam in die Führungsrolle hineinwuchs. Kube selbst vereinbarte für sich ein schönes Haus und eine lebenslange gute Rente.

Viele seiner Bekannten fragten sich, wie er das geschafft habe, und meinten, das liege sicher an seinem Studium von Mathematik, Logik und Philosophie. Womit sie sicher nicht Unrecht hatten!

Fortan widmete sich Kube der Kriminalistik; er vertiefte sich in manchen dubiosen Fall, an dem sich die Polizei sozusagen die Zähne ausbiss, sei es ein Mordfall, sei es eine Drogen-Schmuggler-Geschichte, sei es eine Weiße-Kragen-Affäre!

Und nun war Kube auf dem Weg zu Marilyn. Sie war gerade für ein paar Wochen in Berlin gewesen; als freie Mitarbeiterin des WDR hatte sie den *Tunnelbau zur Republikflucht in der ehemaligen DDR* unter die Lupe genommen und dazu, wie man es von ihr gewohnt war, exquisite Filmaufnahmen herbeigezaubert und bislang unbekannte Augenzeugen vor die Kamera gebracht.

Eigentlich hieß sie ja Maria, aber dieser Name sei "zu hausbacken", sagte ihr ein Psychologieprofessor, bei dem sie studiert hatte. Und sie solle sich, um eher Erfolg bei Bewerbungen und im Beruf zu haben, vielleicht Marilyn oder Mary nennen. Wie Recht er hatte! Sie sah ja auch nicht aus wie Mariechen oder Maria oder Mariele! Sie sah eher aus wie eine Mary, und Kube hatte sie auch nur unter diesem Namen kennen gelernt. Als sie sich ein wenig näher gekommen waren, durfte er sie auch Marilyn oder gar Lynn nennen. Das war sein Privileg.

Nach dem Studium von Psychologie und Kommunikationswissenschaften in München kehrte Mary nach Köln zurück. Sie hätte von ihrem Vater, einem Professor für Medizin in Bonn, protegiert werden können, sie hätte sofort eine super Anstellung in seinem Institut mit Aussicht auf eine wissenschaftliche Karriere bekommen. Aber sie wollte das nicht, sie wollte aus eigener Kraft und eigenem Können einen Beruf ausüben!

So stellte sie sich mit einem guten Diplom und dem neuen Vornamen beim WDR vor und erhielt gleich einen Auftrag. Der Psychologe hatte also gar nicht Unrecht gehabt! - Sie hatte eine Reportage mit dem Arbeitstitel *Das Gehaltgefüge bei der Bahn in Köln und Umgebung unter besonderer Berücksichtigung des Beamtentums* abzuliefern. Danach ging es Schlag auf Schlag mit den Berichten und Reportagen, und nicht nur bei Insidern wurde klar, dass die Arbeiten nicht nur wegen des Namens und des Aussehens der attraktiven Journalistin akzeptiert wurden, sondern von Originalität, Kompetenz und Kreativität zeugten.

Kube eilte zum Café in der Nähe der Hohe Straße. Er erahnte sie, bevor er sie sah. Die blonden Haare spürte er förmlich, bevor er sie mit den Sinnen wahrnahm. Marilyn, in einem dunkelblauen Hosenanzug, saß allein an einem Tisch, vor sich eine Tasse Schokolade. Er eilte auf sie zu, beugte sich zu ihr hin: „Marilyn, wie schön, dass du wieder da bist, ich habe dich so vermisst!" Sie erwiderte seinen heißen Kuss.

„Hallo, Schatz!" und sie sah ihm tief in die Augen. „Setz dich und erzähle, was du getan hast, während ich arbeiten musste."

Er schaute ihr Sekunden lang in die Augen und küsste sie wieder.

Dann umfasste er ihre Hände und begann seinen Bericht. Nach wenigen Augenblicken wusste sie, dass „ihr Schatz" sich wieder in eine kriminalistische Angelegenheit hineinkatapultiert hatte.

„Da ist doch gestern das Stadtarchiv eingestürzt; es soll am U-Bahn-Bau liegen."

„Ich habe es im Flieger gelesen. Es hat einen verheerenden Wassereinbruch unter dem Gebäude gegeben."

„Ja, es gibt auch ein paar Tote.

Da sind aber auch Leute, die Vorteile von diesem Unglück haben. Ich bin nun so weit, anzunehmen, dass der ganzen Sache ein wenig nachgeholfen wurde." Und er teilte ihr sein Wissen um Charly und Manes mit.

Sie lachte, als er seinen kurzen Bericht beendet hatte. Ein wenig zu ironisch kommentierte sie seinen Verdacht: „Hallo, mein Schatz, dann bist du auch verdächtig, denn du kannst dir hier wieder einmal deinen guten Namen als Kriminaler unter-mauern. Und hast du an den Prophet am Kaufhof gedacht, der schon lange gegen den U-Bahn-Bau predigt, weil der nur Ge-fahren für die Menschen bringe? Das Unglück gibt ihm doch nun Recht! Oder der Bauunternehmer aus Braunsfeld, der schon so lange für den Bau eines moderneren Stadtarchivs wirbt. Nicht zu vergessen Mary, die Journalistin, die damit ein aufregendes, einmaliges Thema für sich geschaffen hat. Ja," sagte sie nach einer kleinen Pause „sogar die Stadtverwaltung und den Oberbürgermeister selbst müssen wir verdächtigen.

Entschuldige, mein Schatz, mein Lachen; aber meinst du wirklich, du wärst auf dem richtigen Weg?"

Kube hatte ihre Aufzählung mit immer größerem Interesse verfolgt; die Wirkung war konträr zu dem, was sie vermutet hatte.

„Siehst du, Marilyn, alles das spricht dafür, dass das Un-glück nicht allein an den Bauarbeiten zur neuen U-Bahn lag, sondern dass da ein Verbrechergehirn mit beteiligt war."

„Aber," sagte sie, „doch wohl nicht der OB, das habe ich nur im Spaß gesagt, um dich von der Unlogik deiner Denkwei-se zu überzeugen!"

„Jeder ist von nun an verdächtig," erwiderte Kube. "Das Verhalten eines jeden Menschen ist aus seiner Sicht immer lo-gisch. Wenn wir dies als Außenstehende nicht nachvollziehen können, ersetzen unsere Beobachtung und unser Verstand die-se für uns externe Logik durch Fragezeichen und gaukeln uns Unlogisches vor, eine interne Unlogik gewisser Maßen!

Und was den OB angeht, auch er hätte einen Vorteil von dem Unglück: hat nicht letzthin ein Kollege von dir geschrie-ben, dass Herr Schramma amtsmüde ist? Schau, und nun hätte er einen Grund, als Verantwortlicher eines derartigen Unglücks das Amt abzugeben. Ein hoch ehrenvoller Schritt, mit dem er in ein ruhiges Privatleben eintreten könnte."

„Oh Gott!" sagte Marilyn, „Du mit deiner Logik."

„Du siehst, da gibt es für mich eine Menge zu tun. Ich mache mir eine Liste, in der ich mir notiere, wie wahrscheinlich ein Verdächtiger am Unglück aktiv beteiligt ist.

Aber, lassen wir das jetzt. Erzähl mir lieber etwas von Berlin. Hast du mich auch vermisst. Beim vorletzten Handyanruf warst du so komisch, da hast du so schnell abgebrochen."

Kube brachte Mary nach Hause, wo sie ausgiebig alle Formen von Liebesbezeugungen auskosteten. Um Mitternacht verließ er ihre Wohnung und steuerte seine an. Marilyn war müde von ihrer Reise und Arbeit, und so akzeptierte er ihren Wunsch, den Rest der Nacht alleine zu verbringen. Morgen, am Nachmittag, sei sie dann ausgeruht ausschließlich für ihn da.

Auf dem halbstündigen Heimweg ließ er die letzten Stunden an seinem inneren Auge und Ohr vorbeiziehen; dabei wuchs übermächtig der Wunsch, endlich eine Änderung dieser Situation vorzunehmen.

Als Kube am nächsten Morgen aufwachte, machte er sich einen Tee. Er sah sich um, Marilyn war nicht zu sehen oder zu hören. „Na ja, alter Junge, das ist doch logisch: sie wohnt da, und ich wohne hier."

Er griff zum Telefon und wählte ihre Nummer. Aber da meldete sich nur Marilyns Stimme über ihren Anrufbeantworter: „Bla bla ... und wenn Sie was wollen ... Piepton ...". Kube legte auf: "So etwas nervt! Ist sie denn schon außer Haus?"

Das alles machte ihn fertig, und beim nächsten Mal würde er sie darauf ansprechen, dann würde er endlich die entscheidende Frage stellen.

Die beiden Toastscheiben schmeckten wenigstens und zusammen mit einer Tasse Kaffee hoben sie seine Stimmung. Dann machte er, wie er es sich vorgenommen hatte, die Liste.

An die erste Stelle setzte er den Unbekannten aus Charly Bergmanns Nachlassgeschichte. Danach kam für ihn der Graf von Flamersfeld aus dem Falle Manes Schmitz in Frage. An die dritte Position ordnete er den OB ein, gefolgt vom Propheten vorm Kaufhof. Dann den Bauunternehmer aus Braunsfeld.

Und gewissenhaft wie immer schrieb er auch sich selbst und Marilyn auf, allerdings mit einer Verbrechenswahrscheinlichkeit von jeweils 0,0001; das war geradeso, als wenn ihre Unschuld bewiesen wäre.

Und weil er das Leben kannte und er immer eine entsprechende Erfahrung gemacht hatte, nahm er noch einen Verdächtigen hinzu, den er mit X bezeichnete und über alle andere Namen setzte. Das war der große Unbekannte mit dem Verbrechergehirn, der ein solches Unglück geplant hatte, zumindest es in Kauf nahm, um einen Vorteil gegenüber anderen zu ergattern.

Kube`s Philosophie war: Es kann sein, dass dieser X, der zuerst wie Nebel gestaltlos ist, sich immer mehr verdichtet, bis eine menschliche Gestalt entsteht, bis er zu einem konkreten Menschen, zu einem Nachbarn oder zu einem Bekannten oder Verwandten oder einer öffentlichen Person, wird, von der niemand dieses Abseitige und Böse erwartet hat. Es kann aber auch sein, dass dieser X sich irgendwann eine Maske vom Gesicht reißt und sich als Graf, als Prophet vor dem Kaufhof, als Marilyn oder Kube oder als ein anderer auf der Verdächtigten-Liste zeigt.

Er beschloss, am Unglücksort vorbeizugehen und einen Blick in das Loch zu werfen. Viele Leute hatten sich angesammelt und versuchten, über den Köpfen der vor ihnen Stehenden hinweg einen Blick in das Grauen zu erhaschen. Da erhob sich eine Stimme, die alles Gemurmel übertönte, und vielen das Blut in den Adern gefrieren ließ. Wie beim Strafgericht am Jüngsten Tag fühlten sich die Zuhörer und verstummten langsam, und ihr Blick ging zu der Stelle, wo der Bote der Unterwelt stand: mit zerlumptem, sackähnlichen Gewand, zerrissenen Hosen, offenen, die nackten Zehen kaum verdeckenden Sandalen, ein zerfurchtes, wettergegerbtes Gesicht mit fanatisch blickenden Augen, ein grauer ungepflegter Bart und riesige wehende weiße Haare umrahmten es.

Kube sprach zu sich selbst: "Der Prophet!"

„Ihr Schlangen und ihr Ottern! Was seid ihr aus dieser Grube entflohen? Wahrlich, wahrlich, ich sage euch, ehe es Abend und Morgen sein werden, werdet ihr dahingerafft sein. Dies sei euch zum Zeichen, ihr, die ihr nur lachet, aber der Herr der Unterwelt wird heimkommen und sich nehmen, was ihm gehört. Glaubet nicht, er spielt mit euch, blutiger Ernst ist sein Handwerk, und Tod sein Verbündeter.

Habe ich euch nicht gewarnt, ihr Höllenbrut! Lasset die Finger von dem, was unter der Erde ist, Wasser ist alles, und der Tod kommt zu jedem, der sich nach ihm sehnt. Doch wenn ihr euch bekehrt, kommt die Rettung. Nicht durch diese da," und er weist auf die Feuerwehrleute, „sie können nichts dazu tun. Fruchtlos ist ihr Werk und Verderben ihre Ansicht. Aufheulen werdet ihr noch mehr, wenn der Herr kommt und euch zur ewigen Bestrafung heimholt. Ihr werdet dann sagen, warum hat uns keiner gewarnt vor unseren Sünden. Wir hätten nicht mehr gehurt, wir hätten nicht mehr betrogen, wir hätten nicht mehr Geld angehäuft für unser Fressen und Saufen.

Oh, ihr Unwissende, bin ich nicht immer zu euch gekommen und habe ich nicht immer geschrien: Tut es nicht?

Ihr Ottern und Schlangen, Böses habt ihr getan, der Herr hat euch heimgesucht und Beelzebub geschickt, damit ihr erkennet, wessen die Macht ist!"

Der Prophet hörte auf und verließ gebeugt, gestützt auf einem langen knorrigen Ast, seine Stelle durch die Menge, die ihm bereitwillig Platz machte; einige Leute lachten, aber es hörte sich künstlich und verklemmt an, es kam nicht von Herzen.

Das also war die Reaktion des Propheten. Eine Bußpredigt, würdig eines Johannes des Täufers. Keine große Logik im Aufbau, aber voller Emotion, ein Durcheinander von Bibelsprüchen, Anklagen und Weissagungen.

Kube beschloss, den Propheten von der Liste der Verdächtigen zu nehmen, so hatte ihn das Wort und die Persönlichkeit des wunderlichen Propheten berührt!

Er kannte die Feuerwehrleute, die dort aktiv waren, fast alle persönlich, und sie ihn. Ebenso erkannten ihn die Polizisten, die alles weiträumig um den Trichter abgeschirmt hatten. Sie ließen ihn passieren.

Da war dann auch ein Vertreter der Stadt anwesend, der auf Kube zukam.

„Hallo, Kube, ja, da haben wir einen Schlamasssel. Das war fast zu erwarten." Er gab ihm die Hand.

„Hallo, Görlitz. Ja, schlimm ist das. Kümmert sich jemand um die Obdachlosen und die Angehörigen der Opfer?"

„Ja klar, wir haben Psychologen dabei, die bereits die Erste Hilfe leisten."

„Ach, wie meinten Sie das mit dem *Das-war-zu-erwarten?*"

Jemand rief aus dem Betreuungstrupp nach Görlitz: „Kommen Sie bitte mal!"

Der flüsterte Kube zu: „Ich schicke Ihnen per eMail den Entwurf einer Pressenotiz aus unserem Amt zu. Die Adresse stimmt doch noch?"

Kube nickte; sie trennten sich mit einem kurzen Gruß.

Kube fuhr zu Marilyn raus. Er hatte es sich angewöhnt, für Stadtfahrten die öffentlichen Verkehrsmittel zu benutzen. Was sollte er dafür seinen Wagen aus der Garage holen? Mit Straßenbahn oder U-Bahn ging es doch viel stressfreier ab, und bei der Fahrt konnte er sich sogar seinen Gedanken widmen.

Und er hatte immer viel zu denken! Zudem hatte er nun die Gelegenheit, über Handy an das Internet zu gehen und seine Post abzurufen. Die Mail von Görlitz war schon da.

Der bat ihn, vorerst Stillschweigen über die Informationen aus dem Amt für Presse- und Öffentlichkeitsarbeit zu bewahren.

Der Anhang lautete:

Die Projektleitung der Nord-Süd Stadtbahn hat der Unteren Wasserbehörde im Umweltamt der Stadt Köln weitere Unterlagen über durchgeführte Brunnenbohrungen am Gleiswechselbauwerk Waidmarkt zur Verfügung gestellt. Bei diesen Unterlagen handelt es sich um eine zeitliche Auflistung über die unterschiedlichen Brunnen- und Entspannungsbohrungen sowie der einzelnen Bohrtiefen.

Die neu vorgelegten Unterlagen besagen, dass in der Zeit vom 14. Oktober bis 24. November 2005 - wie genehmigt - vier Brunnen hergestellt wurden. Von diesen in den Unterlagen als Absenkbrunnen bezeichneten Brunnen wurde später einer wieder stillgelegt. Ob weitere Brunnen stillgelegt worden sind, geht aus den Unterlagen nicht hervor. Zusätzlich wurden vom 22. April bis 11. Dezember 2008 neunzehn weitere Brunnen errichtet, die in den Plänen als Zusatzbrunnen bezeichnet wurden. Damit ist festzustellen, dass entgegen der wasserrechtlichen Erlaubnis insgesamt 23 Brunnen gebohrt wurden. Die Anzahl der ungenehmigten Brunnen erhöht sich damit auf neunzehn.

Wie viele der installierten Brunnen mit welcher Förderleistung tatsächlich und gleichzeitig betrieben worden sind, kann aus den der Unteren Wasserbehörde vorgelegten Unterlagen nicht ermittelt werden. Bekannt ist lediglich, dass am 30. Juni 2008 der erste der zusätzlichen Brunnen mit einer Pumpe ausgerüstet worden ist. Weitere Informationen zu den Brunnenanlagen sind den vorgelegten Unterlagen nicht zu entnehmen.

(Später, am 24. März 2009 wurden diese Informationen dann von der Stadt Köln in einer Pressemitteilung an die Öffentlichkeit gegeben.)

Kube fasste für sich zusammen: „Neunzehn Brunnen sind im Bereich der Unglücksstelle nicht genehmigt, aber angelegt worden. Von neunzehn Grabungen - und damit neunzehn Gefahrenstellen - können die meisten wahrscheinlich nicht mehr rekonstruiert werden. Und für mich gibt es zusätzliche neunzehn verbrechensrelevante Indizien!" – eines seiner Lieblingsausddrücke im Rahmen seines Kriminalistischen Hobbys.

Marilyn empfing ihn an der Tür mit einem Kuss, dass ihm Hören und Sehen verging. Dann sah er erst, was sie anhatte: nur einen Kimono, darunter nichts, rein gar nichts! Andererseits, der Kimono verdeckte noch viel zu viel von ihrem Körper, und Kube wusste, dass sie ihre Gestalt zu keiner Sekunde verstecken musste. Das offene Haar umschmeichelte ihr Gesicht, er konnte nicht umhin, es in seine Hände zu nehmen und sie zärtlich und ausgiebig zu küssen. Der dritte Kuss währte dann so lange, dass sie sich von ihm befreien musste, weil sie zu ersticken drohte und ihm schwindelig wurde.

Er stammelte, mehr zu sich als zu ihr: "Du bist so schön, und ich liebe Dich immer!"

Ja, das war schon eine Liebe zwischen den Beiden! Keinen von ihnen sah man in der Öffentlichkeit ohne den anderen - wenn Marilyn gerade nicht für den WDR unterwegs war. Kube hätte sich die Zeit entsprechend einrichten und Mary bei ihren Dienstreisen begleiten können; aber das wollte sie nicht. „Die Liebe nutzt sich dann ab!" so argumentierte sie. Das Wiedersehen nach den paar Tagen Abwesenheit wiege die Trennung und Entbehrung zehnfach auf, so ihre Meinung. Und zudem könne sie sich nicht so auf ihre Arbeit konzentrieren, wenn er permanent bei ihr wäre.

Naja, wenn das auch nicht so voller Sehnsucht und Liebe klang, Kube versuchte, damit klar zu kommen. Heute aber wollte er noch einmal die entscheidende Frage stellen.

Marilyn hatte eine wunderbare Stunde vorbereitet bei Kerzenlicht, mit einem Glas Wein (vielleicht auch ein paar Gläser mehr) und Kleinigkeiten zum Essen. Sie wusste, Kube war beim Essen nicht ein Freund von Quantität, sondern von Qualität. Aber auch die Qualität des Essens stand in seiner Wunschliste nicht ganz oben, sondern das war ihr Sich-Total-Hingeben, das Sich-Fallenlassen, das Einswerden-mit-ihm! Und wenn er bei ihr gewesen war, dann konnte er zu jeder Zeit jede Sekunde und jedes Detail des Zusammenseins wiedergeben. Aber auf die Frage, was es zu essen gegeben habe, da hätte er kaum antworten können.

Als sie bei leiser klassischen Musik auf der Couch saßen und sie sich an ihn schmiegte, signalisierten alle Sinne Kube die verführerische Macht einer Frau.

„Liebst du mich?" hauchte sie und berührte mit ihren Fingern seine Augen.

Seine Antwort war ein sinnlicher Kuss auf ihre Lippen, bei dem er ihren bebenden Körper an sich drückte.

Nach ein paar Sekunden fragte sie: „Was macht denn Dein neuer Fall, mein liebster Detektiv?"

Verdammt noch mal, das ist weibliche Logik, dachte Kube, aber dann erinnerte er sich seiner eigenen Worte zur Logik anderer Menschen und bat sie insgeheim um Entschuldigung.

Er führte für sich seine Gedanken zu Ende: *Eigentlich wollte ich doch auf was anderes zu sprechen kommen! Nur ein Glück, dass Marilyn meine Gedanken nicht lesen kann!*

„Ja, ich war an der Unglücksstelle, und ich habe dort den Propheten erlebt." Er erzählte von dem Eindruck, den die Predigt auf ihn gemacht hatte, und dass er daraufhin den Propheten von der Liste der Verdächtigen gestrichen habe.

Marilyn schüttelte den Kopf: „War das nicht eine wunderbare Bühne für den Propheten? Und jetzt denke ich mal wie mein bester Freund, der ist Kriminalist und promovierter Philosoph, weißt du! Der würde jetzt sagen," und sie imitierte Kube in Ausdrucksweise, Stimme und Gestik, „der Prophet hat das Unglück verursacht, weil er damit einem großen aufmerksamen Publikum das von einer übernatürlichen Macht legitimierte Gesandtsein seiner Person klarmachen kann!"

„Du bist so süß!" fügte sie, wieder ganz liebende Frau, hinzu und meinte, ihn versöhnen zu müssen.

Kube war überhaupt nicht beleidigt, als er sein Spiegelbild erlebte. Wenn Marilyn, so wie eben, ironisch wurde, machte sie das auf eine derartig sympathische Art, dass er ihr nicht böse sein konnte.

Er dachte über ihr Argument nach und sagte nach einer Weile: „Ja, da ist was dran. Und trotzdem war der Prophet nicht der Täter, das sagt mir mein Bauch; der Prophet hat nicht die kriminelle Energie."

Er beschloss in diesem Zwiespalt, dem Propheten in seiner Liste wieder eine Wahrscheinlichkeit zuzuweisen, wenn auch eine ganz geringe.

Als Kube sich am anderen Morgen aus seinem Bett herausquälte, fühlte er sich wieder mal ganz daneben. Der Abend mit Marilyn hatte so schön begonnen, aber kurz gesagt, mies war er zu Ende gegangen. Sie hatte ihn wieder nicht zum Bleiben eingeladen. *Gut, manche würden ihr Hab und Gut dafür geben, einen solchen Abend, wie ich ihn gehabt habe, verbringen zu können, mit solch einer schönen Frau, in solch einer Stimmung, eine solche Liebe verspüren. Da bin ich doch sozusagen ein Glückspilz!*

Aber es war nicht die ganze Nacht gewesen!

„Junge, reg' dich nicht auf. Nimm's leicht," sagte er später beim Rasieren zu seinem Spiegelbild. Und dann: „Mensch, wie siehst du nur aus!"

Durch verstärktes, intensiveres Arbeiten an "seinem" Fall meinte er, seine Stimmung heben zu können.

Über seine in den Jahren aufgebauten Verbindungen zur Stadtspitze, zur Polizei, zur Staatsanwaltschaft, gelang es ihm, immer die aktuellen Informationen zum Stand der Ermittlungen um das Unglück zu erhalten. Es bedeutete für ihn keine große Mühe, den Namen des Geretteten und das Krankenhaus, in dem er lag, herauszubekommen. Er wollte sich ein Bild vom Unglückshergang aus erster Quelle verschaffen.

In der Uni-Klinik fand er ihn. Der Patient sah wirklich mitgenommen aus. Kube nahm sich vor, ihn nicht zu lange zu belästigen.

"Guten Tag, Herr Malchow, ich bin von der Stadtverwaltung und möchte mich nach ihrem Befinden erkundigen." Das war eine kleine Notlüge, klar, aber was hätte Herr Malchow gesagt, wenn Kube sich als Hobby-Kriminalist vorgestellt hätte, der einer dubiosen Sache nachgeht?

"Was haben Sie erlebt?"

Malchow bekam einen Schüttelkrampf, öffnete den Mund, stammelte unverständliche Wortfetzen in den Raum und riss dabei die verbundenen Hände vor sein Gesicht.

Nun hat ja auch ein in Mathematik, Logik und Philosophie promovierter Mensch ein Mitgefühl für leidende Kreaturen, und so nahm Kube beruhigend Malchows Arme zwischen seine Hände und sagte: "Es ist jetzt alles Schlimme vorbei. Es ist wieder gut!"

Langsam wurde der Patient ruhiger. Sein Atem ging fast wieder normal.

Es klopfte an der Tür, und ohne auf ein "Herein" zu warten, stürmte ein Mann mittleren Alters in das Krankenzimmer. Eine zerbeulte Cordhose, dicke Stricksocken, quietschende Winterschuhe mit S&M-Profil (der letzte Schnee hatte sich vor etlichen Wochen verflüchtigt!), ein weißes, sauberes Hemd - das musste man zugeben! - mit einer grellen blauen Krawatte, ein roter Ski-Anorak und als Non-plus-Ultra eine blaue Strickmütze, die seine überdimensionierten Ohren, wie Kube später feststellte, gnädig verdeckten.

Kube's geübter Blick und eine haarscharfe, kurze Analyse sagten ihm: „Ein durchgeistigter Typ, wissenschaftlich orientiert."

"Schirmeyer," stellte der Ankömmling sich vor, "Professor Doktor Schirmeyer!"

Kube dachte: "Dieser komische, geschmacklose, unsensible Typ!" Er wollte gerade, wie immer in einem solchen Fall, sein Gegenüber mit seinem eigenen Akademischen Titel mundtot machen, aber er kam nicht mehr dazu, sich vorzustellen. Malchow schrie hysterisch auf: "Nein, nein! Nicht mehr!" und wandte seinen verbundenen Kopf zur Seite in das Kopfkissen.

Eine Krankenschwester hatte das Geschrei gehört, sie steckte ihre riesige Nase durch die Tür; dazu musste sie sich ein wenig bücken; ihre Größe hätte die langen Kerle von Friedrich, dem Soldatenkönig, neidig gemacht: "Er hat ein schweres psychisches Trauma, das sich hin und wieder akut zeigt. Der Psychiater muss kommen. Bitte gehen Sie nun!"

Schirmeyer quietschte mit seinen Winterschuhen dem Ausgang zu. Kube aber ging zur Stationsaufsicht und schaute die Schwester von eben mit seinem größten Charme an: "Der arme Herr Malchow, er wird wohl so bald keinen Unterricht mehr geben können, auch bei Ihrer persönlichen Betreuung nicht!" Er fügte hinzu: "Man sieht doch, dass Sie die liebevolle Betreuung gewährleisten, die Herr Malchow nun braucht. Bei Ihnen kann man sich aufgehoben fühlen, wie bei Mutter!"

Sie sprang darauf an und tappte in die Falle: "Der ist kein Lehrer, der ist", und dabei sprach sie immer leiser und geheimnisvoller, "Privatdetektiv! Privatdetektiv aus Düsseldorf. Ich habe das auf seinem Ausweis gesehen!" Ungefragt gab sie ein privates Detail ihres Patienten preis: "Seine Frau und seine zwei kleinen Kinder waren eben noch zu Besuch. Ach," mit verklärtem Blick ergänzte sie: "das ist eine Liebe zwischen denen, 'Liebchen' hier, 'Schatz' dort und immer wieder 'Papilein' hin und 'Süße' her. Als erstes hat er sie auf sein Konto hingewiesen, wenn ihm was passiere usw. Ein lieber, vorbildlicher Familienvater!"

"Na ja, ich bin sicher, wenn Sie sich darum kümmern, wird er bald wieder voll dasein!"

"Morgen soll er in die Uni-Klinik von Düsseldorf verlegt werden." sagte sie traurig, fügte dann hinzu: "Der Arme."

Sie schaute verzückt hinter dem freundlichen, netten jungen Mann her und sagte halblaut: „Den hätte ich gerne mal hier im Bett." - „Natürlich als Patienten!" fügte sie für sich hinzu; aber trotzdem: Ein Glück, dass das niemand gehört hatte!

Komisch das Verhalten von Malchow. Zuerst war es nachvollziehbar gewesen, aber äußerst erklärungsbedürftig bei der Anwesenheit Schirmeyers! Kube beschloss, auch Malchow und Schirmeyer in seine Liste aufzunehmen.

In der Straßenbahn auf dem Weg zu Marilyn ließ er seine Kenntnisse und Schlüsse passieren und ging noch einmal seine Liste durch:

Mittlerweile hatte man die zwei Vermissten tot geborgen, ein Bäckerlehrling und ein Student wurden identifiziert. Dass bei dem Studenten ein kurzer Spaten lag, wurde dabei als nicht so wichtig angesehen; Handwerkszeug lag ja in unterschiedlichster Art und Menge unter den Trümmern. Aber man müsste sich fragen, wofür man beim Tunnelbau so einen kleinen, zusammenklappbaren Spaten, wie sie Pioniere oder Soldaten schon mal benutzen, braucht?

Kube hatte alles das mitbekommen und sich seine Gedanken gemacht. Er wunderte sich, dass niemand das mit dem Spaten als etwas Besonderes und Bemerkenswertes ansah, und er beschloss, die Täter-Wahrscheinlichkeiten für X zu erhöhen. Dafür musste er andere erniedrigen. Er rief für sich die Phase 2 seines kriminalistischen Vorgehens aus. Das heißt der persönliche Eindruck, die Vergangenheit, die Lebensumstände, die Bekanntschaft, das Lebensziel des potentiellen Täters wurden mit berücksichtigt.

Der OB? - *Nein, Fehlanzeige! - Vielleicht falsche Entscheidungen, naive Einschätzungen, ja! - Der steht doch immer im Licht der Öffentlichkeit. Der hat auch nicht die kriminelle Energie, nein, der wird zurückgestuft!*

Kube selbst? - *Quatsch, das bin ich doch, und ich weiß, dass ich nicht dahinter stecke. - Oder? - Gewiss, man hat doch* schon mal was von Schizophrenie gehört, Doktor Jekyll lässt grüßen!

Und Marilyn? - *Hör mal! Meine Geliebte, meine Freundin, mein Schatz, die schönste aller Frauen, der blonde Engel der Liebe und Schönheit, das Wunderbarste auf der Welt, nach dem sich alles sehnt ...! - Das als Verbrechensinitiator? - Vergiss es, Junge!! Marilyn gehört nicht in die Kandidatenliste!*

Malchow ist es auch nicht; nein! Dazu hat er ein zu sauberes Privatleben; da müsste ich mich täuschen! Aber vielleicht weiß er etwas! Lass ihn in der Liste drin!

Der Graf von Flamersfeld? - Oder Manes Schmitz? - Klären! Ich glaube, das ist zunächst am einfachsten.

Und wie ist es bei Charly Bergmann?

Und der Bauunternehmer aus Braunsfeld? Der hätte sich sicher mal nach dem Unglück mit seinem Anliegen gemeldet! Den setze ich mal weit nach hinten...

Da spielte nun schon wieder das Glücksrad für Kube. - Sonst wäre doch alles ganz anders gelaufen... so dachte er nach einer Stunde.

Seine Marilyn war nicht zu Hause, bekümmert zog er ab, nachdem er die mitgebrachte Flasche Schampus auf den Couchtisch deponiert hatte. *Gut, sie hat was Wichtiges vor, und Rechenschaft schuldet sie mir auch nicht.*

Er steuerte auf eine Bankfiliale zu. Er brauchte etwas Kleingeld. Nicht in jedem Geschäft und jeder Institution nahmen sie seine Kreditkarte, überhaupt nicht in der Straßenbahn und den Omnibussen, da brauchte man sowieso Bargeld. Glücklicher Weise, wie er später resümierte.

Der Automat war defekt, und so wartete Kube in einer kleinen Schlange im Schalterraum. Eine Frau fragte nach den Zahlungseingängen und dem Kontostand. Der offensichtlich durch den Automatenausfall genervte Schalterbeamte sagte, etwas zu laut: "Noch mal, Frau Malchow, im letzten Halbjahr sind monatlich zweihundert Euro für Sie auf ein Konto bei uns überwiesen worden. Wir müssen es aber auf Ihr Konto bei der Düsseldorfer Filiale überweisen. Von dort kann es abgehoben werden. Ihr Mann hat das alles so mit seiner Unterschrift angeordnet. Sie wohnen doch in Düsseldorf! Das ist doch dann kein Problem. - Nun regen Sie sich nicht auf, das ist eine kleine Rente für Sie!"

Mit hochrotem Kopf eilte die Frau davon, Kube suchte ein Gespräch mit dem Schaltermenschen, er stocherte dabei quasi im Nebel: "Schirmeyer hat doch immer pünktlich überwiesen!"

Getroffen! Der Schalter nickte, sah kurz pikiert hoch und fragte dann nach seinem Begehr.

Mit zweihundertfünfzig Euro, die er sich zum großen Teil in Kleingeld auszahlen ließ, und unendlich wichtigeren Informationen verließ Kube die Bank. Schirmeyer hatte also einen Privatdetektiv angeheuert, und glücklicher Weise war der offensichtlich so gerade beim Unglück davongekommen! Das trieb die Wahrscheinlichkeit einer Verbrechensbeteiligung für beide in die Höhe.

Tappen im Dunkeln

Nachdem die Toten von der Pathologie freigegeben waren, wurden in aller Stille die Bestattungen vorbereitet. Über seine Kontakte zur Stadtverwaltung erhielt Kube rechtzeitig Kenntnis davon. Zu Kubes Glück fanden die Trauerfeierlichkeiten zu unterschiedlichen Zeiten statt, und so würde er an beiden teilnehmen können. Das tat er nun nicht gerade aus Mitgefühl für Opfer oder deren Angehörige – die kannte er ja gar nicht! Aber vielleicht würde er einen Hinweis auf Täter und Tathergang erhalten.

Beim ersten Begräbnis fand er alles, soweit man das aus Pietätsgründen sagen darf – normal: Trauernde überall, Tränen, tröstende Worte, Händedrücken und Umarmungen. Und dann das hohle Poltern von Erde auf Holz.

Auch Kube warf ein Schäufelchen voll Sand nach unten, und dann spürte er doch einen dicken Kloß im Hals. *Armer Kerl! - Aber du hast mir was voraus: Du weißt sicher, wie es war. Du könntest mir bestimmt helfen!*

Er blieb im Hintergrund stehen und sah die Anwesenden am Grab verweilen und dann der engsten Familie des Toten kondolieren.

Eine kleine Pause entstand, bevor als Allerletzter ein vornehm gekleideter Herr ans Grab trat. Einen langen, schwarzen Tuchmantel, einen dunklen, großen Hut, einen dezenten roten Seidenschal, in lockerer Art gewunden - das alles nahm Kube in sich auf, bevor er den Menschen dahinter registrierte: sportlicher Typ, braungebrannter Teint, Mitte der Fünfziger!

Der große Schwarze warf einen mächtigen Blumenstrauß in das Grab hinein und wandte sich dann um. Er kam auf Kube zu, reichte ihm die Hand. „Mein Beileid, Sie sind sicher ein Freund von Bernd Lehnbacher!"

Kube war zunächst einmal verwirrt, dann aber spielte er mit. „Ja, das hat uns alle getroffen."

„Da sagen Sie was! Ich bin, Verzeihung, ich war sein Professor. Mein Name ist Doktor Philipp Bellman, Professor für Mediävistik an der Albertus-Magnus-Universität hier in Köln. Mittelalterkunde, darunter können Sie sich natürlich eher etwas vorstellen."

Ehe Kube etwas sagen konnte, fuhr Bellman fort, dabei zupfte er an seinem Seidenschal: „Ich kenne niemanden hier. Es sind weiter keine Mitarbeiter aus meinem Institut gekommen. Sie wissen nichts von dieser Trauerfeier. Meine Wenigkeit hat das heute früh zufällig erfahren, sonst hätte man seinen Assistenten nicht zur Ruhe begleiten können."

Mein Gott, dachte Kube, das ist ja ätzend, dieser Sprechstil! Aber er ließ sich nichts anmerken.

Und Bellman fuhr fort: „Sagen Sie, wäre es vermessen, wenn ich Sie zu einer Tasse Kaffee einladen würde? In der Nähe ist ein angenehmes Lokal, heißt *Zur letzten Träne*. Ha ha, toller Name und voller Witz." Die anderen trauernden Gäste, die noch anwesend waren, schauten vorwurfsvoll zu den Beiden. Kube war das Benehmen von Bellman äußerst peinlich. Weil er aber Informationen brauchte, ging er auf den Vorschlag ein.

Als er nach einer Stunde in der Straßenbahn saß, die ihn zu Marilyn bringen sollte, waren ein für ihn hervorragender Informationsaustausch abgeschlossen. Bisher war ihm von Karl dem Großen lediglich das Jahr der Kaiserkrönung präsent, nämlich 800, und sein Widersacher in Sachsen, Widukind.

Nun aber kannte er auch Karls Geburtstag - es war der 2. April 747 - , die Ausdehnung seines Reiches, vom Ebro im Westen bis zur Oder und Donau im Osten, vom heutigen Dänemark im Norden bis hinter Rom im Süden, er kannte den Namen von Karls Biographen, Einhard, wusste um die Verbindungen und Beziehungen zu den anderen Großen der damaligen Weltgeschichte, wie zum Langobardenkönig und Schwiegervater Karls, Desiderius, zum Kalifen Harun al Raschid in Bagdad, zu Papst Leo III, der ihn schließlich zum Kaiser krönte.

Aber was Kube als eine noch wertvollere Information ansah, war die Negativäußerung über „die Proleten, die Kaiser Karl den Großen als nicht existent ansehen". Und zu diesen hatte Bellman „den Schirmeyer aus Düsseldorf" gezählt. Zwischen Bellman und Schirmeyer wurde offensichtlich ein wissenschaftlicher Streit geführt, der stellvertretend für zwei grundsätzlich verschiedene wissenschaftliche Richtungen stand.

Bellman seinerseits wusste von seinem Gesprächspartner und Gast, dass der ein Sportinvalide wäre und eine kleine Unterstützung durch die Sporthilfe bekäme. Es war nicht so, dass Kube das über sich gesagt hätte. Nein! Bellman hatte stets eine Vermutung ausgesprochen, und für Kube blieb gar nichts anderes übrig, als sie zu bestätigen. Bellman hatte sich ganz stolz auf seine Menschenkenntnis und seine Vermutung gezeigt.

Kube musste lachen. Er hatte keine Skrupel, diesen alten arroganten Pfau in Unwissenheit über sein wahres Ich zu lassen.

Bevor er die Straßenbahn verließ, ergänzte er in Gedanken die Liste seiner Verdächtigen um zwei Namen, Bellman und dessen toten Assistenten, Bernd Lehnbacher.

Gewiss, interessant ist es schon, alles über Karl den Großen zu wissen, das ist die Privatstunde bei einem Wissenschaftler des Mittelalters. Alles gut und schön! Aber was Kube zwischen den Zeilen erfahren hatte, das war erste Sahne:

„1. Der Assistent von Bellman ist tot im Unglücksloch geborgen worden.

2. Bellman ist beim Begräbnis anwesend, benimmt sich dort aber nicht wie ein Trauernder.

3. Bellman ist allein aus dem Institut zum Begräbnis gekommen.

4. Bellmans Fachgebiet hat unter anderem mit den zerstörten Dokumenten aus dem Archiv zu tun.

5. Bellman sind die Aussagen Schirmeyers ein Dorn im Auge."

Damit holte Kube den Schlüssel aus seiner Jackentasche und öffnete die Tür zu Marilyns Wohnung.

„Hallo, ich bin's!" rief er nach drinnen.

„Komm rein, ich bin in der Küche."

Sie stand am Herd und arbeitete an mehreren Platten gleichzeitig.

„Hallo, Schatz," strahlte sie ihn an, hielt die Hände hoch, in denen sie die Holzlöffel hatte, signalisierte so ihre Hilflosigkeit und Hingebung. Kube deutete das richtig und drückte und küsste sie, wie es ihm immer möglich war.

Endlich gönnte er ihr und sich eine Pause, schaute auf die Herdplatten und sagte: „Hm, das riecht aber gut. Bin ich auch eingeladen?"

„Nein, Du kriegst eine Schnitte Brot vor der Tür. Ich lasse keine fremden Männer in die Wohnung."

„Das passt ja zu dem Kännchen Kaffee, die der invalide Sportstudent bekommen hat."

„Wie bitte? Was redest Du da?"

Als sie nachher auf der Couch eng beieinander saßen, klärte er sie auf, wie das Begräbnis des einen Unglücktoten verlaufen war, wie dessen ehemaliger Doktorvater ihn eingeladen und ihm einen Kaffee spendiert hatte, dass Bellman ihn als invaliden Sportstudenten eingeschätzt habe und – logisch - sie sich nun einem invaliden Sportstudenten an den Hals geworfen habe. Herzlich mussten sie beide über die ganze Geschichte lachen.

Marilyn führte die begonnene Geschichte weiter: „Wie ich Dich kenne, Liebster, hat das alles Auswirkung auf Deinen Fall. Da hat sich bestimmt was Neues ergeben."

„Ja, meine Verdächtigten-Liste ist um zwei Namen gewachsen, Bellman und sein Assistent. Dazu habe ich folgende Merker gespeichert:

1. Der Assistent von Bellman ist tot im Unglücksloch geborgen worden.
2. Bellman ist beim Begräbnis, benimmt sich dort aber nicht wie ein Trauernder.
3. Bellman ist allein aus dem Institut beim Begräbnis anwesend.
4. Bellmans Fachgebiet hat unter anderem mit den zerstörten Dokumenten aus dem Archiv zu tun.
5. Bellman sind die Aussagen Schirmeyers ein Dorn im Auge.

Das sind aber noch keine verbrechensrelevante Indizien.

1. Gut, man hat den Assistenten von Bellman dort tot aufgefunden. Aber der wohnte doch auch im Nachbarhaus.
2. Bellman ist auf dem Begräbnis. Für den ehemaligen Chef des Toten ist das doch nicht ungewöhnlich. Und sein Benimm? Entweder, man hat's oder man hat's nicht; und Bellman hat's nicht.
3. Wenn es doch niemand anderer aus dem Institut gewusst hat, dann kann doch auch kein anderer dabei sein!
4. Es gibt andere Archive, die Dokumente, Urkunden, Bücher aus dem Mittelalter aufbewahren, ohne dass Bellman dort aktiv geworden wäre.
5. Unterschiedliche Auffassungen zwischen Wissenschaftlern gab und gibt es immer."

Marilyn hörte sich das alles geduldig und genau an, schmiegte sich in seine Arme und sagte dann ganz leise, als wolle sie um Entschuldigung für ihre Gedanken bitten: „Du brauchst nur die Sätze von eben anders zu formulieren, dann erhalten sie möglicher Weise verbrechensrelevante Hinweise. Pass auf!

1. Der Tote im Unglücksloch war Assistent von Bellman
2. Bellman nimmt Abschied von seinem Assistenten ohne echte Anteilnahme
3. Die Mitarbeiter des Instituts sollen nichts von der Todesart ihres Kommilitonen wissen.
4. Bellman hat eine besondere Verbindung zum Stadtarchiv von Köln.
5. Der wissenschaftliche Kontrahent von Bellman ist einer deiner Verdächtigen, Professor Schirmeyer."

Kube war ganz ruhig; im Augenblick fiel ihm kein Kommentar ein. Immer hatte er gegen die blöden Blondinen-Witze protestiert. Blondinen sollen immer dumm und unbemittelt sein! Marilyn gehörte zur Kategorie blond – und was für ein Blond! Das schönste Blond, das man sich vorstellen kann, und immer anders frisiert, einmal schopfförmig, einmal in Dauerwellen, einmal ein Zopf zur Seite – egal, immer aufregend und wunderschön in diesem goldenen Schimmer, den er unter tausend Farbnuancen herausfinden könnte – *und dieses Blond soll dumm sein! Meine Herren Blondinen-Witzemacher, Ihr Möchte-Gern-Machos, meine Blondine ist super-schlau, ihr armen geistigen Versager, ihr Superignoranten, da könnt ihr euch eine Scheibe abschneiden!*

Sie schaute auf und fragte: „Bist Du noch da?"

Zur Antwort küsste er sie heiß auf ihre wunderschönen Lippen und ließ ihr seidiges Haar durch seine Finger gleiten. Dann flüsterte er ihr ins Ohr: „Diese Nacht bleibe ich hier; man hat mir auf der Herfahrt gesagt, dass die Straßenbahn heute nicht mehr fährt."

Dieser Satz gehörte bei ihnen zu einer rituellen Angelegenheit. Sie wußte natürlich, was das bedeutete, und hauchte nur ein fast unhörbares: „Ja, ich liebe Dich so sehr!"

Mittlerweile saß Kube in der Bahn auf dem Weg zum Katasteramt. Ihm war siedend heiß eingefallen, dass er seine Liste mit den potentiellen Tätern in den letzten Tagen vergessen hatte. Da war noch ein Punkt offen. Wie war das noch mit dem Grundstück? ...

Als er vor dem Angestellten saß, stellte er sein Anliegen vor:

„Mein Name ist Doktor Becker; Ich habe eine kleine Erbschaft gemacht, und will sie in ein Grundstück anlegen. Ich

habe mein Auge auf ein ganz bestimmtes Grundstück geworfen. Können Sie mir helfen?"

Er hatte einen Urkölner vor sich. Obwohl der ein mehr
oder weniger gepflegtes Deutsch sprach, ließ sich seine Mut-
tersprache nicht verheimlichen, was bei Kube Sympathie für
ihn weckte. Es war das gutturale l:

„Und ich soll Ihnen helfen! Ob ich das kann, weiß ich noch
nicht. Aber sagen Sie mal, wo das Grundstück liegen soll, und
noch was: die Beratung kostet zwanzig Euro, tut mir leid. Aber
wir haben letzthin eine Anweisung bekommen, alles nur gegen
Cash. Wegen dem Haushalt, wissen Sie."

Kube wusste, und an zwanzig Euro solle es bei ihm nicht
scheitern. Im Gegenteil, er legte seinem Gegenüber dreißig
Euro hin. Sein Gegenüber versenkte sie in seine Schublade.

„Eigentlich müssten Sie zuerst zur Kasse gehen, die ist im
Erdgeschoss; aber ich denke, Sie haben wenig Zeit, ich mache
das dann für Sie." Er schaute Kube erwartungsvoll an.

„Gut," sagte Kube, „es geht um Heroldstrasse Nr. 24."

Der Angestellte vertiefte sich ein paar Sekunden lang in
den Bildschirm, ließ dann die Maus kreisen und hämmerte ein
paar Zeichen in die Tastatur. Nach fünf Minuten schaute er auf:

„Herr Doktor, ja, Heroldstrasse Nr. 24 hat vor zwei Mona-
ten einen endgültigen Eigentümer gefunden. Jahrelang wurde
gestritten mit einer Bank; aber sie hat dann nachgegeben.
Insider sagen, es wäre kein richtiges Investitionsobjekt gewesen, und da haben sich die Bänker zurückgezogen.

Und Sie haben Interesse daran?"

„Ja," anwortete Kube, „Sie wissen, wie das manchmal so ist: da hat man mal was gesehen, und dann läuft es einem immer hinterher. Ich wäre schon an Name und Adresse des Eigentümers interessiert."

Als der freundliche Mann alles auf einen Zettel geschrieben hatte, bedankte sich Kube und verabschiedete sich.

Als er die Informationen gelesen hatte, strich er einen Täterkandidaten von seiner Liste: Charly Bergmann.

Am nächsten Tag war er in den Westerwald unterwegs zum Treffen mit Graf von Flamersfeld. Er saß allein in seinem Wagen, Marilyn hatte auch Termine für ihre eigenen Recherchen festgemacht.

Während Kube mit 120 km/h gemächlich über die Autobahn fuhr, hatte er Gelegenheit, sich auf das Gespräch mit dem Grafen vorzubereiten.

Am Telefon hatte Kube sich als Journalist ausgegeben, der den fürstlichen Stammbäumen nachgeht; und nun ist er eben bei Denen von Flamersfeld. Er hatte sich kundig gemacht und war bis zu von Flamersfelds Vorfahren im Jahre 1632 gekommen, als ein gewisser van Vlammsfjelt aus Groningen im Verlaufe der Kriegswirren im Westerwald sozusagen hängenblieb.

Aber seine Vorbereitung war nicht sehr erfolgreich, wie sich dann beim Treffen herausstellte.

Kube fuhr von der A3 ab, und nach zehn Minuten hatte er das Cafe, den Treffpunkt, erreicht. Es war eine Viertelstunde vor der vereinbarten Zeit. Der Graf von Flamersfeld saß bereits an einem der Fensterplätze und beobachtete den BMW mit der Kölner Nummer. Als der Fahrer in die Gaststube eintrat, erhob er sich, ging auf ihn zu und reichte ihm die Hand.

„Guten Tag, Herr Doktor Becker, freut mich, Sie persönlich kennen zu lernen." Und er stellte sich vor: „Von Flamersfeld."

Kube musterte seinen Gegenüber kurz, und sein erster Eindruck war positiv.

„Guten Tag, Herr von Flamersfeld." Er wollte Verbindlichkeit signalisieren: „Wie haben Sie mich erkannt?"

„Das war doch nicht schwer, um diese Zeit hier ein solcher Wagen mit Kölner Nummer...

Wissen Sie, wir sollten sofort auf den Kernpunkt ihrer Angelegenheit kommen. Ich habe meinen Arbeitern im Wald zugesagt, dass ich in einer Stunde bei ihnen sein werde. Da ist einiges zu regeln. Sehen Sie, aus dem Grunde habe ich auch meine grüne Försteruniform an."

Kube wollte gerade mit dem Geschehen im Dreißigjährigen Krieg beginnen: „Ich habe herausgefunden, dass einer Ihrer Vorfahren aus Groningen in die hiesige Gegend gekommen ist...", als er merkte, dass Graf von Flamersfeld etwas ungeduldig wurde. Er hielt inne.

Der Graf ergriff wieder das Wort: „Wir wollen doch offen miteinander reden: Sie sind kein Journalist, vielleicht sind Sie Privatdetektiv, und es geht Ihnen um die Klärung des Einsturzes des Stadtarchivs von Köln. So ist es doch besser, wenn Sie Ihre Fragen direkt und klar formulieren."

Kube war verwirrt und spürte, wie eine Schamesröte sich über sein Gesicht legte: „Entschuldigen Sie. Woher?..."

„Nun, ich werde Ihnen sagen, was es Neues im Fall von Flamersfeld / Manes Schmitz gibt:

Manes Schmitz erhält eine Abfindung von von Flamersfeld in fünfstelliger Höhe. Als Gegenleistung verzichtet er für immer auf einen Adelstitel. Dieser Vergleich wurde am 01. März 2009 bei einem Rechtsanwalt in Neuwied formuliert. Wissen Sie, die beiden Parteien haben damit ein Ende des jahrelangen Streits herbeigeführt, den doch nie eine hätte für sich entscheiden können, einfach, weil es keine Urkunden zu dem Fall mehr gibt."

„War Herr Schmitz direkt an dem Vergleich beteiligt oder weiß er davon?"- Kube ärgerte sich über seine unprofessionelle und unlogische Frage.

Von Flamersfeld lächelte: „Herr Schmitz war ebenfalls am 01. März 2009 bei meinem Rechtsanwalt und hat damals das Abkommen mit unterschrieben. Sehen Sie hier!"

Von Flamersfeld gab ihm den Vertrag zu Lesen. Kube überflog ihn; alles stimmte, was der Graf soeben berichtet hatte: Datum, Unterschriften, Modalitäten.

Kube wollte das Papier dem Grafen zurückgeben. Der winkte ab: „Behalten Sie nur, ich habe die Kopie extra für unsern heutigen Treff gemacht!"

„Ja," meinte Kube, „dann kann ich nur sagen: Vielen Dank! Und entschuldigen Sie, dass ich mich unter einem anderen Vorwand bei Ihnen eingeschlichen habe.

Aber bitte noch eins: woher wussten Sie, wonach ich bei Ihnen suchen wollte?"

Graf von Flamersfeld: „Nun, das mag interessant sein: Da taucht nach dem Archiveinsturz ein gewisser Manes Schmitz bei mir auf und will noch einmal 'eine Rate kassieren', wie er sich ausdrückt. Es bestünde nun die Möglichkeit eines Urkundenfundes, durch den sein adliger Titel bewiesen werden könne; und da wolle er mir doch Unannehmlichkeiten vermeiden helfen.

Und dann meldet sich nach dem Archiveinsturz ein Doktor Kurt Becker bei mir, der just zu dem Zeitpunkt Recherchen zu meiner adligen Vergangenheit anstellt. Meine Rückfrage nach einem Journalisten dieses Namens bei der Schreibtischvereinigung in Köln war negativ beschieden. Und als ich Sie und ihr Auto sah, war mir klar, dass Sie kein Journalist sind."

Kube musste lachen. Und lachend verabschiedete er sich von Graf von Flamersfeld, der mit seinem Jeep zu seinen Waldarbeitern fuhr. Er selbst lenkte sein Fahrzeug nach Neuwied. "Eine kleine Überprüfung des Gehörten könnte nicht schaden," sagte er sich..

Als er langsam die Serpentinen herunterfuhr, wurde ihm noch einmal die Peinlichkeit des Entdecktseins bewusst. *Mann, so etwas darf aber nicht noch einmal passieren!* Na, es hatte aber auch sein Gutes, er brauchte nicht lange wie eine Katze um den heißen Brei herumzuschleichen. Die benötigten Informationen, und noch viel mehr, waren von selbst gekommen.

Und als er in Neuwied das angegebene Rechtsanwaltsbüro gefunden und mit dem Handy dort angerufen hatte, ob zufällig ein Herr Manes Schmitz aus Köln anwesend sei, und ihm geantwortet wurde: „Nein, im Augenblick nicht", da nahmen für ihn die Aussagen des Grafen von Flamersfeld an Glaubwürdigkeit zu.

Kube beschloss, den Grafen von seiner Verdächtigenliste zu streichen, dafür aber Manes Schmitz heraufzusetzen.

Die Beerdigung des zweiten Toten ließ noch eine Woche auf sich warten. Autopsie und Identifizierung waren etwas schwieriger als beim anderen Toten. Als dann aber die Trauerfeier in der Zeitung angekündigt war, rief sie eine große Anteilnahme unter den Menschen in Köln hervor.

Es sollte eine Trauerfeier in der Friedhofskapelle sein mit anschließender Erdübergabe der Urne.

Die Leiche war bereits verbrannt, die Urne stand auf einem Sockel zwischen Blumen, Kränzen und Bouquets, und vielen, vielen brennenden Kerzen, davor ein großes Foto, das einen sympathischen jungen Mann zeigte.

Kube stellte sich an die Wand, wo er einen guten Überblick über die Anwesenden hatte. Eltern, Geschwister, weitere Verwandte, Vertreter der Bäckerinnung, Nachbarn ... Kube konnte sie fast alle identifizieren, obwohl jeder von ihnen dieselbe dunkle Kleidung trug, einfach dadurch, wie sie sich verhielten. Sein Blick blieb auf einer Person hängen: *Woher kenne ich sie, wer ist das?* Er wurde unruhig; da war ein Baustein seines Verdachtgebäudes, und er konnte ihn nicht nutzen.

Dieser Jemand machte einen nervösen Eindruck, zuckte beim kleinsten Räusper eines anderen Trauergastes zusammen, wischte sich mit dem Taschentuch Schweißperlen von der Stirn, schaute sich wie gehetzt um, und dann traf irgendwann sein Blick den von Kube.

Wer ist das nur. Den kenne ich doch! Kubes Gedankengang wurde unterbrochen durch die Worte eines Predigers, der über das Leben im allgemeinen und über das des jungen Menschen im besonderen philosophierte. Dann hörte er auf die Musik, die jemand auf einer elektronischen Orgel spielte. *O weh, diese Harmonisierung! Das ist aber kein Profi, der da spielt. O Gott, was hat der für Akkorde drauf!*

Kube als Musikkenner und Klavierspieler war froh, als dieser Part vorbei war. Aber dann war auch noch was anderes vorbei! Der Unbekannte war verschwunden, und nun wusste Kube, wen er da gesehen hatte: den Verschütteten aus dem Krankenhaus, der nach Düsseldorf verlegt worden war.

Was tut der hier bei der Totenfeier des Bäckergesellen?

Kube drängte nach draußen, schaute sich nach allen Seiten um, aber er sah den Gesuchten nicht mehr.

Kube war wieder im Projektbüro, das zu den Aufräumarbeiten eingerichtet worden war. Er wollte sich mal wieder schlau machen, wie weit man war.

„Was habt ihr in der letzten Woche gerettet?"

„Och," sagte der Abteilungsleiter, dem man seiner – vorsichtig gesprochen – heimischen Sprache nicht anmerkte, welch wichtige Position er bekleidete, „dat es net vell; e paar Böcher usem veezehnte Jahrhondert; do mösse de Omschläch noch reparareert wäde. Zwei Urkunde usem Elfte Jahrhondert, wo Otto enem jewissen Schmitz us Dank hofiert un dann wo dä Äzbischoff dat bestätich."

Sein Handy klingelte: „Rauscher."

...

„Nein, das ist bisher noch nicht aufgetaucht."

Kube wunderte sich nicht, dafür kannte er Rauscher zu lange. Er beherrschte schon die Hochdeutsche Sprache; wenn er sie anwendete, hatte das mit einer Distanz zu tun, die er zu seinem Gesprächspartner aufbaute. Oder umgekehrt, wenn Rauscher Kölsch sprach, hegte er eine besondere Sympathie zu seinem Gegenüber.

Rauscher hatte also ein Telefonat mit einem für ihn weniger sympathischen Menschen.
...

„Kann ich Ihnen nicht sagen."

Und nach einer Pause: „Bitte schön, tun Sie das!"

Rauscher klappte das Handy zu und wandte sich an Kube: „Dä jeht mir ävver op de Nerve! Su ene Quatschkopp, typisch für ene usem Dörp."

Kube kannte die Ausdrucksweise. Mit dem „Dörp" ist Düsseldorf gemeint; aber die *Verbotene Stadt* nennt ein richtiger Kölner nicht beim Namen.

Er fragte: „ Was will der denn aus dem Dörp?"

"Dä rof jede zweite Daach an un fröch, ob mer en bestimmte Schrif us dem Kloste Mariawald jefunge hätte. Hä well dann nächste Woch wedder anrofe."

Kube fragte sich, was eine Schrift aus dem Kloster Mariawald in der Eifel mit dem Stadtarchiv von Köln zu tun hat.

Rauscher sagte es, ohne gefragt zu werden: „Wie dä Napoleon all Kirch un Klöste requiriert hätt, do hätt dä Abt vun

Mariawald e paar wichtige Papiere no Kölle jebraht, wo se dann en dat alde un donoch en dat jetzige, ich mein en dat kapotte, Stadtarchiv jelaht wudde."

„Weiß man, worum es bei den Schriften ging?"

„Eijentlich net, nur, dat dat janz jeheime Schrifte wore. Me munkelt – un dat hät dä Abt damols att jemeint – do hing ene Fluch dran. Me dürft die net opmache un lese."

„Und da interessiert sich einer aus dem Dörp dafür?"

„Jo, ene jewisse Schürmann oder su."

„Vielleicht Schirmeyer?"

„Jo," sagte Rauscher, und sah Kube erstaunt an. „Woher weeß de dat?"

„Ach nur so!"

Komisch, Kube selbst hatte keine Ahnung, wie er auf diesen Namen gekommen war; aber plötzlich, ungewollt brachte er alle diese Fakten zusammen: Das zerstörte Stadtarchiv, der wissenschaftliche Assistent, der zu Tode gekommen war, Bellman und Schirmeyer, die in wissenschaftlichem Streit standen, Schirmeyer, der sich für eine bestimmte Schrift aus den Trümmern interessierte und Bellman, der auch irgend etwas mit dieser Schrift zu tun hatte ... und seine eigene Vermutung, dass dem Unglück auf irgendeine Weise nachgeholfen worden war!

Mönch und Mary

Es war ein wunderbarer Frühlingsmorgen.

Die Sonne schien durch das große Fenster in sein Wohnzimmer, und selbst der Staub auf seinem Klavier weckte in Kube keine miese Stimmung. An und für sich nichts Besonderes, denn er hatte es nicht so mit dem Putzen und Aufräumen; warum denn kam immer die nette Putzfrau in sein Haus?

Aber die Unordnung oder den Dreck oder auch nur das kleinste Staubkorn, das alles sah er sonst schon, und das erinnerte ihn an seine Zeit im Schweizer Internat! Wenn da der „Chef" - so nannten sie den Pater Direktor - kam und so was sah, zog er den „Dreckfinken", wie er sich auszudrücken pflegte, an den Ohren zu sich heran und fragte süffisant: „Oh, haben wir heute was Wichtigeres zu tun gehabt?" Und fügte dann hinzu:„ Das Wichtige ist immer subjektiv und objektiv nicht das Notwendige!" Wie sich dann für den ertappten Sünder zeigen sollte, bedeuteten das Notwendige eine Woche zusätzlicher Küchendienst und Verbot jeglichen Ballkontakts!

Es hatte aber keinen Zweck, sich zu Hause darüber zu beschweren, dass man nicht zum Fußballspielen kam. Sehen Sie: Er hatte nach dem ersten Zusammentreffen mit dem Pater Direktor ein R-Gespräch zu seinem Vater angemeldet. Als er sein „Missgeschick", wie er sich raffiniert auszudrücken gedachte, artikulieren wollte, hatte sein Vater ihm durchs Telefon zu verstehen gegeben, dass er ihn nicht zum Fußballspielen nach St. Moritz geschickt habe. Und im übrigen solle er sich die Ohren waschen und nicht mehr für so etwas anrufen lassen.

Punkt, Aus!

Kurzum: Kube sah auch heute den Staub, aber das drückte

nicht seine Stimmung. Dafür war die letzte Nacht mit Marilyn viel zu schön gewesen!

„Mann, Junge," sagte er zu sich, als er zwei Spiegeleier in die Pfanne schlug. „Du bist doch keine achtzehn mehr, reiß dich zusammen!"

Aber immer wieder tauchte sie in ihm auf. Immer wieder spürte er ihren Körper mit den Händen, ihr blondes seidiges Haar, ihre wunderschönen Brüste, ihren bebenden Körper, immer wieder sah er ihr hübsches Engelsgesicht vor sich, immer wieder genoss er den Duft ihrer Haut, immer wieder vernahm er ihr leidenschaftliches Flüstern.

Aber jetzt hörte er etwas anderes: „Kube, er wird Zeit, dass du arbeitest!"

Ja, Arbeit war es schon, nur keine körperliche! Und noch ein Unterschied: er war bei niemandem angestellt, und er bekam kein Geld dafür!

Er wählte die Telefonnummer von Marilyn. Fast wollte er schon resigniert abbrechen, da meldete sie sich: „Ja?"

„Ich bin's. Wie geht es Dir? Guten Morgen, mein Engel."

„Ach, du bist's! Ich dachte schon der WDR."

Kubes Stimmung war sofort von Zweihundert auf Null (wie auch immer die Skala geführt würde!): *Ach, du bist's! Das hört sich ja gar nicht nach Sehnsucht und Liebe an! Und du selbst könntest vor Sehnsucht kaputt gehen. Das interessiert offensichtlich keinen!*

Zehn Minuten später war er froh, dass er das alles nicht laut gesagt, sondern nur für sich gedacht hatte.

Marilyn rappelte sich offensichtlich auf: „Hallo, Schatz! Entschuldige, ich bin noch nicht ganz da. Gibt es was?"

„Hast Du Lust auf eine kleine Autofahrt in die Eifel? Heute Abend sind wir wieder zurück."

„Oh ja, aber ein wenig Zeit musst du mir schon lassen! Ich fühle mich ein bisschen mitgenommen."

Kube musste mit seinem Wagen nicht lange vor ihrer Wohnung warten, bis sie kam. Schön wie immer - nein, schöner noch als sonst - eine rote Kappe auf ihrem Haar, passender Hosenanzug und kurzer Mantel darüber.

Nach einem intensiven Kuss nahm sie neben Kube Platz: „Wohin geht es denn?"

Kube imitierte Rudi Carell: „Lass dich überraschen!"

Kube zeigte nie, wie gesagt, dass er sich alles leisten konnte. Er hatte keinen Porsche, keinen Ferrari, kein englisches oder amerikanisches Kultauto. Er hatte eine kleine BMW-Limousine, der man nichts Außergewöhnliches ansah. Aber sie hatte es in sich: Kube sorgte beim Kauf immer für die neueste Technik, er hatte einen Wagen mit allem Schnickschnack.

Er fuhr elektrisch das Verdeck herunter, es verschwand im Kofferraum, und die beiden Verliebten genossen das leise Summen des Motors, den wunderschönen Tag, die herrliche Landschaft und das unbeschreiblich schöne Zusammensein.

Er fuhr den Wagen auf einen großen Parkplatz, und sie gingen, eng umschlungen, auf das alte Gebäude zu.

„Aha," sagte Marilyn, „Mariawald, das alte Trappistenkloster. Hängt das mit unserem, ich meine, mit deinem Fall zusammen?"

Kube antwortete: „Ja, da gibt es eine Verbindung zum Fall Stadtarchiv Köln."

„Du bist mir Einer, und ich dachte, Du wolltest mit mir zusammen sein."

Kube wollte sich rechtfertigen, kam aber nicht dazu, da Marilyn ihm mit Küssen den Mund versiegelte. Sie kannte ihn viel zu gut, als dass sie nicht von vorne herein gewusst hätte, dass der Ausflug mit seinen aktuellen kriminalistischen Recherchen zusammenhing.

Sie meldeten sich an der Pforte. Zwei Augen - sie gehörten wahrscheinlich zu einem Mönchspförtner - schauten durch eine kleine Klappe in der dicken Eichentür.

Kube stellte sich vor und „Ich bin beim Hochwürden Abt angemeldet."

Der Blick durch die Klappe wanderte noch einmal kritisch über die Beiden, und die Klappe fiel wieder herunter.

Marilyn fragte: „*Hochwürden Abt!* Ist das richtig?"

Kube: „Keine Ahnung, wie das bei den Trappisten heißt. Auf jeden Fall wissen die, zu wem ich will."

Die Tür ging auf, und ein freundlicher Mitsechziger in einer weißen Kutte, um die Hüfte ein ledernes Band gebunden, begrüßte die Gäste mit festem Händedruck.

„Herzlich willkommen in unserem Domizil!"

Und bevor Kube oder Marilyn wieder in Zweifel kamen, wie sie ihren Gastgeber anzusprechen hätten, sagte der Mönch: „Ich bin der Abt dieses Hauses; sagen Sie aber schlicht Pater Joachim zu mir, das ist einfacher für Sie und mir lieber."

Als sie in der Bibliothek saßen, und der Abt, das heißt Pater Joachim, die zweite Tasse Kaffee einschenkte, kam Kube auf den Grund seines Besuches zu sprechen: „Sie wissen, Pater Joachim, in Köln ist das Stadtarchiv eingestürzt. Man redet davon, dass auch Dokumente aus Ihrer Abtei dort gelagert wurden und möglicher Weise unwiederbringlich verloren sind. Wissen Sie, worum es sich dabei handelt?"

Pater Joachim antwortete:„Ein schlimmes Unglück. Wir beten täglich für die Toten. Die Wege des Herrn sind für uns nicht immer zu verstehen, wissen Sie! Hier ist die Grenze unserer Logik erreicht, unser Verstand macht da nicht mehr mit, er will so etwas nicht akzeptieren. Bernhard von Clairvaux, unser aller Vorbild, drückte es so aus: *Deus, amor, substituit rationem. Gott ist die Liebe, er löst den Verstand ab.*

Das heißt nichts anderes, als dass wir Menschen bestrebt sein müssen, in allem weniger Logik als vielmehr die Liebe anzuwenden, also eher auf das Herz als auf den Verstand zu hören und so in die Nähe Gottes zu kommen. Und wenn wir bei ihm sind, wenn wir teilhaben an diesem Geheimnis, dann verstehen wir ihn, wir akzeptieren alle Geschehnisse und werden sehen, auch das ist Logik!"

Pater Joachim machte eine Pause; während seiner kurzen Exegese war sein Blick von Kube hinüber zu Marilyn gewandert und verharrte dann mit einem freundlichen offenen Gesicht bei der jungen Frau.

Marilyn hörte ihm zunehmend interessiert zu und merkte zu ihrem Ärger, dass sie, als Pater Joachim von Herz und Liebe sprach und sie so intensiv ansah, errötete.

Und Kube? Seine Stimmung sank spontan wieder einmal auf den Nullpunkt. Er wurde sauer, er ärgerte sich über Pater Joachim, über Marilyn und vor allem über sich selbst. Er bekam das ja mit, was da zwischen den beiden ablief. Um das zu erkennen, genügte ihm der Bruchteil einer Sekunde. *Was der Pater da alles von Logik und Liebe faselt, das ist doch an den Haaren herbeigezogen. Wer hat denn hier Logik studiert? Wer weiß denn, was Liebe ist? Doch nicht dieser alte Mann, der Theologie studiert und sein Leben dem Zölibat geweiht hat.*

Kube war ehrlich, auch sich selber gegenüber. Und so ergänzte er für sich: *Sei mal gerecht; darum geht's Dir hier gar nicht. Das geht nicht um Verstand und Logik auf der einen Seite und Herz und Liebe auf der anderen! Es geht um Dich und den Pater, seine verdammte Schäkerei mit Marilyn, seine geistvollen Bemerkungen, seine angenehme Stimme, die bei ihr offensichtlich ihre Wirkung nicht verfehlen. Der fängt an, mit meiner Marilyn zu kokettieren!*

„Pater Joachim, wenn Sie die Freundlichkeit hätten, mir bitte meine Frage zu beantworten. Wissen Sie, ich bin eigens von Köln hierher gekommen, weil mir das Erzbischöfliche Generalvikariat versicherte, dass Sie persönlich sich jeder meiner Fragen annehmen würden."

Das war nicht gelogen, auch in der Umgebung des Erzbischofs hatte Kube seine Augen und Ohren, die ihn mit allen nötigen Informationen versorgten!

„Herr Doktor Becker, wir Trappisten sind ein autarker katholischer Orden, und als solche sind wir weder einer weltlichen Organisation noch dem Erzbischöfliche Generalvikariat in Köln Rechenschaft schuldig.

Im übrigen habe ich persönlich nur Vorteile durch seine Eminenz, den Herrn Erzbischof!"

Pater Joachim blieb immer noch freundlich und verbindlich.

„Nun denn, Sie fragen nach dem Dokument, das einer meiner seligen Vorgänger im Stadtarchiv von Köln hinterlegt hat. Napoleon wollte einfach zu viel gegen die Kirche unternehmen; er war der Meinung, ihre Macht sei zu groß und würde deshalb die Menschen letzten Endes vom irdischen Glück entfernen."

Pater Joachims Blick ruhte mittlerweile schon wieder auf der schönen Frau, *die ihm in der Tristesse seiner klösterlichen Abgeschiedenheit wohl als leuchtender Engel erschienen war -* meinte Kube.

„Verdammt noch mal," dachte er. „und sie akzeptiert das auch noch!"

Pater Joachim fuhr fort, zu Kube gewandt: „Sie fragen nach dem Inhalt. Wir können nur mutmaßen. Schauen Sie, früher wurde nicht immer alles schriftlich festgehalten, das war viel zu aufwendig und zeitraubend, und Computer gab es sowieso nicht. So sind wir darauf angewiesen, was mündlich tradiert wurde.

Die besagte Schrift enthält sehr wahrscheinlich Hinweise auf die schriftliche Weitergabe von Zeugnissen, Urkunden, Schriftstücken, Abschriften oder Kopien, wenn Sie so wollen. Leider hat keiner meiner Vorgänger die Schrift von der Stadt

Köln zurückgefordert, weil er den Willen des abgebenden Abtes respektierte."

Kube fragte: „Wieso kommen Sie auf diese Vermutung; denn nichts anderes scheint das zu sein."

Pater Joachim antwortete freundlich, mit seiner angenehmen Stimme: „Richtig, es ist bislang noch eine Vermutung, aber für mich geht die Richtigkeit mit einer hohen Wahrscheinlichkeit einher."

Oh, sieh da, dachte Kube, *von Wahrscheinlichkeitsrechnung hat er auch noch eine Ahnung!*

Pater Joachim hielt nun eine Vorlesung, wenn auch nur für zwei Personen, davon aber war die eine unbeschreiblich schön. Und so sprach er zu ihr - so empfand es auf jeden Fall Kube.

Pater Joachim: „Es ist sicher sinnvoll, wenn ich Ihnen in Erinnerung rufe, welche Bedeutung im Mittelalter die Schrift selbst hatte.

Aber bitte, lassen Sie mich vorher sagen, dass Sie, Frau Becker, mich an meine kleine Schwester erinnern: das gleiche blonde Haar, die gleichen dunklen Augen mit dem gleichen offenen Blick, die gleichen Bewegungen."

Und nach einer kurzen Pause: „Leider ist meine Schwester tot, schon lange tot. Sie starb bei einem Verkehrsunfall, ein halbes Jahr, bevor sie heiraten wollte. Der arme Junge ist nie darüber hinweggekommen.

Aber Gott, unser gütiger Vater im Himmel, hat es so gewollt, und er allein weiß, dass es richtig war, meine Schwester schon jetzt bei sich zu haben.

Entschuldigen Sie, Herr Doktor Becker!"

Nun konnte Kube für sich das Verhalten des Abtes erklären; und spontan stieg seine Stimmung: „Oh, Pater Joachim, ich muss mich entschuldigen!" Wofür, das wusste Pater Joachim beim besten Willen nicht. Kube blickte zu Marilyn, sie hatte Tränen in den Augen.

Nach einer kurzen Pause fuhr Pater Joachim fort: „Also zur Bedeutung der Schrift im Mittelalter.

1. Nur die Öffentliche Verwaltung und die Mönche in den Klöstern konnten lesen und schreiben.
2. Die Schriftlichkeit auf allen Gebieten war sehr, sehr mager.
3. Erst im 12. und besonders im 13. Jahrhundert wurden verstärkt Urkunden geschrieben.
4. Zwischen Klöstern wurden Schriftstücke ausgetauscht, indem von Mönchen Kopien, das heißt Abschriften, erstellt wurden.

Unsere Abtei war im Jahre 1486 als ein Zisterzienserkloster gegründet worden und erhielt den Namen *Nemus Mariae*, das heißt *Wald Mariens*. Mönche kamen zuerst von Bottenbroich, dann von Kamp hierher, andere wieder gingen von hier an andere Orte, zum Beispiel nach Seligenthal bei Siegburg oder nach Bronnbach bei Wertheim. Dabei hatten sie Kenntnis von diesem und jenem, und nach ihrer eigenen Einschätzung der Wichtigkeit legten sie es schriftlich nieder.

So kamen die Zisterzienser hier an eine Schrift, die wohl älter als unsere Abtei ist und von einem Mönch mit dem Namen Albertus vielleicht in Kamp verfasst sein soll. Vermutungen gehen dahin, dass es sich um Albertus Magnus - Sie wissen, den Schutzpatron der Universität zu Köln! - handelt. Die Schrift geistert in der Gelehrtenwelt als *Mariawalder Regel*.

Einer meiner Vorgänger hat diese Schrift nach Köln in Sicherheit bringen lassen – aber, was dann passiert ist, das wissen Sie ja."

Kube sagte: „*Sicherheit* ist gut! - Haben Sie eine Ahnung, was in der *Mariawalder Regel* drin steht, Pater Joachim?"

„Es muss etwas mit dem Schreiben an sich zu tun haben. Gleichsam in einer Metaebene schreibt ein Mönch Regeln über das Schreiben auf!"

Dann fügte er hinzu: „Sicher ein interessanter Traktat für Linguisten."

Nach einem kurzen allseitigen Schweigen bedankte sich Kube und sagte: „Ich denke, für heute haben wir Sie genug in Anspruch genommen und möchten uns von Ihnen verabschieden. - Vielen Dank und auf Wiedersehen, Pater Joachim."

„Auf Wiedersehen, Herr Doktor Becker." Der Händedruck zwischen den beiden Männern war fest und herzlich.

Marilyn hatte sich wieder im Griff, sie lächelte sogar, als sie sich von Pater Joachim verabschiedete: „Auf Wiedersehen."

„Auf Wiedersehen, Maria! - Entschuldigen Sie, Frau Bekker, Maria, so hieß meine Schwester." Nun lachte auch Pater Joachim wieder. „Und wenn Sie noch mehr wissen wollen, melden Sie sich einfach wieder. Sie dürfen gerne wiederkommen."

Die schwere Tür fiel hinter ihnen ins Schloss.

Sie gingen eine Weile nebeneinander, zum Parkplatz und wieder zurück, ohne ein Wort zu wechseln. Endlich fasste Marilyn seine Hand und fragte leise: „Warst du eifersüchtig?"

„Eifersüchtig? - Vielleicht. - Du hast ihn so angeschaut. Aber daran siehst du doch, dass ich dich über alles liebe."

Marilyn küsste ihn zärtlich und sagte: „Aber eines weißt Du noch nicht, und Pater Joachim auch nicht. Nämlich, dass er mich an meinen Papa erinnerte. Ist das nicht komisch, und deshalb habe ich ihn wahrscheinlich so angehimmelt. Entschuldige, aber ich liebe doch nur Dich und werde es immer tun."

Kube sah ihr tief in die Augen, und ihm fiel ein Stein vom Herzen.

Weil mittlerweile Mittagszeit war, bestellten sie eine Erbsensuppe, die ihnen Pater Joachim als ausgesprochen leckere Spezialität von Mariawald angekündigt hatte.

Als sie danach eng umschlungen durch den Wald gingen, fragte Marilyn Kube, ob er mit seiner Ausbeute an Informationen zufrieden sei.

Kube zählte auf: „Wir wissen einiges über das Arbeiten mit Schriften im Mittelalter. Wir wissen etwas über die Mariawalder Regel. Das ist nicht viel! Das passt nicht in meine Vermutung und Verdächtigung. - Andererseits, warum sind Leute hinter diesem Schriftstück her? Sollte jemand wegen mittelalterlicher Schreibregeln ein Verbrechen auf sich nehmen? Das ist so, als ob jemand bei einem Trödler einbricht und einen Rechtschreibduden von 1985 stiehlt."

„Das kann doch passieren, wenn der Dieb ein Sammler von Rechtschreibduden ist, ihm der Jahrgang 1985 fehlt, und der Trödler ihn ihm nicht verkaufen will oder einen so hohen Betrag dafür verlangt, den er nicht zahlen kann."

„Dass das alles zusammentrifft und zum Diebstahl führt, hat eine sehr geringe Wahrscheinlichkeit, Lynn. In der Realität versucht doch der Interessent, das Buch irgendwo anders her günstiger zu bekommen."

Marilyn gibt sich nicht geschlagen: „Und wenn er glaubt oder weiß, dass in dem Band des Trödlers ein kleiner Schatz, sagen wir, dass ein 500- Euro-Schein darin liegt?"

Kube blieb stehen, drückte sie an sich, sah in ihre dunklen Augen und küsste sie lang und innig, ungeachtet der vielen Spaziergänger, die an ihnen vorbeizogen. Er flüsterte: *„Kleiner Schatz*, sagst du! Komm her, du bist der Schatz, du bist mein Schatz, du bist mein großer Schatz."

Wieder hatte Marilyn ins Schwarze getroffen! Kube übertrug die Darstellung Marilyns auf seinen Fall: *Ja, so kann es sein: in der fraglichen Schrift ist etwas Wertvolles, ein Schatz versteckt, eine wertvolle Münze, ein zweites wichtiges Dokument, eine geheime Botschaft, etwas, das über simple Schreibregeln hinausgeht!*

Sie gingen eine Weile still nebeneinander; jetzt aber war es die Stille von Sehnsucht und Liebe, Erwartung und Glück.

Endlich sagte sie: „Was hast du sonst noch gehört?"

Kube überlegte: „Nichts!"

Marilyn: „Ich aber schon! Du willst es sicher hören."

Sie blieb vor ihm stehen, packte ihn zärtlich an den Armen und sah ihm lange in die Augen, bevor sie leise sprach: „Der Pater hat mich als deine Frau angesprochen, er hat mich mit Maria, dem Namen seiner toten Schwester angesprochen –

und das ist doch auch mein Name – dann hat er von der ausgefallenen Hochzeit wegen des Unglücks gesprochen.

Ach, ich habe eine solche Angst!"

„Nein, Marilyn, das brauchst du nicht." Kube wollte ihr die Angst und das ungute Gefühl nehmen. Er brachte aber nicht die richtigen Worte über die Lippen. Zu genau kannte er solche Ahnungen bei Marilyn, es war immer etwas dran. Er dachte an den Morgen, als Marilyn ihm mit Tränen in den Augen ihren Traum erzählte, in dem sie über einen Friedhof ging und ein offenes Grab sah, in dem ihr Vater lag. Und weinend behauptete sie damals: „Mein Vater ist tot!" Eine halbe Stunde später kam damals der Anruf, dass ihr Vater plötzlich und unerwartet gestorben war.

Nein, es ist immer etwas dran, wenn Marilyn solche Ahnungen hat. Ich werde aufpassen, dass ihr nichts passiert!

Und so blieb er in dieser Nacht bei ihr, aber nicht allein aus dem Grunde, um ihr das Gefühl des Beschütztwerdens zu geben...

Tunnelbau in der DDR

Beim Frühstück fragte Kube Marilyn: „Wie läuft Dein Projekt? Wann wird der *Tunnelbau* im WDR gesendet?"

„Ich weiß es nicht; da haben sich für mich noch ein paar Hindernisse ergeben. Ich denke aber, dass ich heute Abend ein Stück weiter sein werde."

Kube gab nicht ein Interesse an ihrer Arbeit vor, er war tatsächlich interessiert: „Was hast du denn vor?"

„Ich habe in Berlin einige der Flüchtlinge von damals gefunden. Unter anderen den damals Jüngsten und dessen Vater, die durch den Tunnel vom Osten nach Westberlin geschleust wurden.

Das ist schon etwas Besonderes, Leute, die dabei waren, über Ihre Gefühle und Erinnerungen sprechen zu lassen. Stell Dir vor, hundertfünfundvierzig Meter Tunnel, zum Teil ein nur siebzig Zentimeter hoher Gang, durch den dann, als er fertig war, über sechzig Personen in den Westen kamen."

Marilyn gab sich ganz als begeisterte, engagierte Journalistin: „Du müsstest den Vater mal davon reden hören - du wirst es ja in meiner Sendung selber sehen – wie anschaulich und mitreißend er das schildert. Lustig aber auch, wie er sich an die Flucht direkt erinnert. Man fragte nach der Rettung den damals Zehnjährigen, ob er keine Angst gehabt habe. *Zuerst ein bisschen, aber als ich dann sah, dass in der Höhle keine wilden Tiere waren, überhaupt nicht mehr!*

An solche Einzelheiten erinnern sich also die Betroffenen. Im übrigen war der Opa des Kleinen auch auf der Flucht dabei, der ist aber inzwischen gestorben.

In Berlin habe ich nun erfahren, dass ein Sohn dieses Kindes, das ja auch schon mittlerweile fünfundfünzig Jahre alt ist, hier in Köln studiert. Dessen Adresse will ich an der Uni einholen. Ich hoffe, ich finde sie heraus. Es ist psychologisch von großem Interesse, herauszubekommen, was der Sohn dieses Kindes noch von den damaligen Vorgängen weiß, wieso er den Vornamen Bernd hat, wie man zu Hause in der Familie mit dem Thema umgegangen ist, wie man heute zur DDR und zur damaligen Fluchtbewegung steht usw.

Das ist mein Ziel."

„Was hat das mit dem Vornamen zu tun?" Kube hatte keine Erklärung dafür.

„Ich habe das von dem Vater in Berlin erfahren. Als er selber heiratete und einen Sohn bekam, nannte er ihn zur Erinnerung an die geglückte Flucht Bernd, weil sie in der Bernauer Straße gewissermaßen einen zweiten Geburtstag erlebt hatten."

Kube wusste zu wenig von dieser Zeit; in Köln oder auch in St. Moritz wurden andere geschichtliche Fakten vermittelt als Berliner Besonderheiten. Da ging es um aufkeimenden Nationalismus im 19. Jahrhundert, Ersten Weltkrieg, Widerstand im Zweiten, um die zwei Machtblöcke in Mitteleuropa in den Fünfziger Jahren des 20. Jahrhunderts; aber Einzelheiten zu den Absetzbewegungen in der DDR? Nein!

„Wo sind sie denn rein und wo wieder raus?" fragte er Marilyn.

„Der Eingang war im Ostsektor in einer stillgelegten Toilette eines Hinterhauses, und der Ausgang im Westen dann in der Bernauer Straße. Hier hatte einer der Initiatoren eine stillgelegte Bäckerei angemietet für hundert DM im Monat. Ihn habe ich leider nicht mehr ausfindig machen können, und Verwandte hatte er auch nicht."

Kubes kriminalistisches Interesse übertraf nun noch das Interesse an Marilyns Arbeit. Er musste mehr wissen:

„Wie lange haben sie denn daran gearbeitet?"

„Über ein halbes Jahr."

„Wie viele haben denn mit gearbeitet?"

„Zeitweise waren es über dreißig, die meisten aus Westberlin."

„Der Tunnel war hundertfünfundvierzig Meter lang, sagst du, siebzig Zentimeter hoch. Zwischen Einstieg und Ausstieg liegen sicher Häuser. Wie tief lag der Tunnel?"

„Über zwölf Meter tief. Oben durfte man ja nichts von den Erdarbeiten bemerken."

„Auf der anderen Seite bedeutet das natürlich auch mehr Erdaushub. Wohin hat man den gebracht?"

„Der ist in den Zimmern der alten Bäckerei abgelegt worden. - He, Herr Detektiv, was soll das? Haben wir hier ein Verhör?"

„Natürlich nicht, Liebste, nur noch eine Frage: In dem grenznahen Bereich, in dem der Tunnelbau ablief, gab es doch DDR-Wachposten, Polizei-Kontrollgänge, immer neue Überprüfungen aller Wohnungen und Gebäude. Wie kommt es, dass man drüben nichts von diesem Vorgang geahnt, geschweige, bemerkt hat?"

„Da kann ich nur vermuten. Vielleicht, dass man auf DDR-Seite auf die *normalen* Flucht-Methoden fixiert war, das heißt auf direkte Überwindung der Hindernisse, auf gewaltsamen LKW-Durchbruch, auf raffinierte Verstecke im PKW oder auf betrügerische Ausweise. Niemand dachte an die Frechheit, sozusagen unter den Augen der Wachposten eine Fluchtmöglichkeit zu eröffnen. Das geht für mich in Richtung psychologischer Erklärung!"

„Ja," sagte Kube, „da hast Du sicher mal wieder Recht. 1:0 für Dich!"

Kube behauptete, dass sie keinen Bernd Lehnbacher finden würde. Dafür war ihm alles zu logisch.

An der Uni erfuhr Marilyn, dass der Gesuchte zuletzt in der Severinstraße gemeldet war und sich schon lange nicht mehr gezeigt habe. Und so stand es zwischen den beiden 1:1.

Spiegel online (15. April 2009)

Jeden Morgen und zum Schichtwechsel am Nachmittag bringt der Shuttlebus die Helfer zu einem Erstversorgungszentrum am südöstlichen Stadtrand Kölns. Dort schaufeln sie sich durch die feuchten, sandigen Überreste des Historischen Archivs der Stadt Köln und suchen nach Akten und wertvollen Dokumenten, die beim Unglück Anfang März in einem großen Krater verschwanden. Der U-Bahnbau in Köln hatte eine Katastrophe ausgelöst; das Gebäude des Archivs und zwei angrenzende Wohnhäuser wurden völlig zerstört.

Schon seit Wochen stehen die Helfer früh am Morgen auf und fahren mit den Bussen zur Halle in Köln-Porz hinaus, um eigenhändig ein Stück europäischer Geschichte zu retten.

Die Luft in der Halle ist stickig von Hitze und Staub. Immer mehr Dokumente, die die Helfer aus dem Dreck fischen, sind von Schimmel befallen. Vor dem Verpacken werden die Papiere in vier Warmluftkammern getrocknet. Entsprechend warm ist es in der Halle, in ihren Schutzanzügen kommen die Helfer ins Schwitzen.

2000 Helfer haben sich bislang gemeldet - aber die Kölner Archivare könnten noch mehr Hilfe gebrauchen. Die Bergungs- und Sichtungsarbeiten werden noch Monate dauern. Vom kunsthistorischen Fach müssten die Helfer gar nicht sein, sagt Archivar Max Plassmann. "Sie müssen einen gewissen Enthusiasmus mitbringen, bestimmte Vorkenntnisse brauchen sie nicht." Was die Helfer wissen müssen, könne man ihnen vor Ort schnell beibringen. Zunächst muss das Material so schnell wie möglich grob gereinigt, getrocknet und verpackt werden.

Ein LKW bringt die geretteten historischen Dokumente in dieser Woche in die Regale freier Lagerräume bei der Friedrich-

Ebert-Stiftung. In etwa einer Woche steuern die Laster mit den Fundstücken dann wieder das Staatsarchiv Münster an.

Geld verdienen die Helfer nicht, doch wer von weit her anreist, dem zahlt die Stadt Köln Unterkunft und Verpflegung. Unter den rund 40 Helfern sind an diesem Tag auch Studenten aus Österreich, Belgien und den Niederlanden. Die meisten kommen aber aus den Unistädten Köln und Bonn.

Diebstahl im Lager

Manes Schmitz arbeitete nun schon zwei Wochen in der Halle in Porz. Es war eine mühselige, schwierige, unangenehme Arbeit. Er hatte sich freiwillig gemeldet; zur Aufnahme in das Arbeitsteam brauchte er nur seinen Ausweis zu zeigen, schon war er akzeptiert, und er erhielt einen Ausweis ausgehändigt, den er bei seiner Arbeit zu tragen hatte.

Auf eigenen Wunsch war er unten in der Halle beschäftigt, wo er unter Schuttbergen in der ersten Phase die Archivalien herausholen musste. Aber nur hier konnte er sein Ziel erreichen. Als er die Massen von Schutt und zu rettende Dokumente sah, die jeden Tag angekarrt wurden, zweifelte er das erste Mal, ob er es überhaupt erreichen würde.

„Da musst du durch, Manes," sagte er zu sich selbst, „da kommt ja auch etwas dabei rum, wenn du es findest. Halt nur Augen und Ohren offen!"

Und nun war es offensichtlich so weit. Die Gruppe um die Archäologin Doktor Meltzer hatte eine uralte Urkunde gefunden, "über die", wie sie sagte, „sich nun jemand freuen könne."

Manes Schmitz, ganz fixiert auf seine eigene Zielsetzung, interpretierte das auf seine Situation. Er wollte sich das Dokument genauer ansehen; dies wurde aber, wie zu einer gewissen Sicherheitsvorkehrung, in ein besonderes Zimmer in den oberen Trakt der Halle gebracht. Manes registrierte Ort und Position und wandte sich wieder seiner Arbeit zu, die, wie er meinte, nun auf ein erfolgreiches Ende zuzugehen schien.

Noch ein anderer unter den Freiwilligen hatte den Fund und den Ausspruch von Doktor Meltzer mitbekommen. Für ihn konnte es sich nur um die *Mariawalder Regel* handeln, und die musste er an sich bringen! Auch er prägte sich die Stelle ein, an der man die Urkunde abgelegt hatte, und wartete auf das Ende des Arbeitstags in der Halle.

Um sieben verließen die letzten Ehrenamtlichen Helfer die Halle in Porz; Scheinwerfer beleuchteten das Gelände, und ab 22 Uhr tat ein Sicherheitsdienst seine Arbeit. Alle Fünfzehn Minuten machte Rolowsky mit einem Dobermann seine Runde: vom Haupttor, am Grundstückszaum entlang, Kontrolle der beiden Hallentore und wieder zurück zum Haupttor, wo sein Auto stand. Hier konnte er für fünf Minuten Musik oder Nachrichten hören oder auch nicht. Um 2 Uhr würde er dann abgelöst werden.

Manes Schmitz tastete sich zur Urkunde vor. Er wollte nur im äußersten Notfall Licht machen; denn er wusste genau um die Gänge des Sicherheitsmannes, und dem wollte er natürlich nicht in die Arme laufen.

Beim Gang um 12.15 Uhr war der Dobermann äußerst unruhig, aber Rolowsky konnte das nicht deuten; er schaute zwar noch sorgfältiger in jede Ecke, konnte aber nichts Außergewöhnliches feststellen.

Manes schlich mit seiner Beute in die Haupthalle zurück und wartete auf den morgendlichen Start der Arbeit aller Ehrenamtlichen. Pünktlich um 8 Uhr wurde das große Hallentor geöffnet, und schließlich strömten die Studentinnen, Studenten, Archäologen, Professoren, kurz alle, die dazu beitragen wollten, dass die Schätze des Archivs sozusagen gehoben werden konnten, hinein an ihre Arbeit.

Als um die sechs bis sieben drinnen waren, drängte Manes zum Ausgang und sagte zum Eingangskontrolleur: „Ach, ich habe etwas vergessen, bin gleich wieder zurück!" Das stimmte natürlich nicht, weder hatte er etwas vergessen, noch würde er je wieder zurück sein!

Manes Schmitz wollte kurz seine Beute überprüfen; das konnte er natürlich nicht hier machen. Deshalb lief er um zwei Straßenecken, wo er am Tag vorher sein Auto geparkt hatte. Er schloss es auf und setzte sich hinter das Steuer. Aus der inneren Jackentasche holte er das Dokument. Dickes Papier wellte sich zwischen seinen Fingern, und sofort breitete sich Schimmelgestank, wie er ihn in den letzten Wochen zur Genüge kennengelernt hatte, im Wagen aus.

Da öffnete jemand die Beifahrertür und setzte sich, ohne zu fragen, neben Manes. „Guten Morgen, der Herr, was haben wir denn da?"

Manes Schmitz hatte seinen Schrecken schnell überwunden: „Was erlauben Sie sich? Verlassen Sie sofort meinen Wagen!"

Der Gast war unbeeindruckt: „Sie haben aus dem Archivlager ein Dokument unberechtigter Weise mitgenommen; man könnte auch andere Worte wählen und sagen 'Sie haben gestohlen'."

Manes nahm sein Handy und bluffte: „Sofort raus, oder ich rufe die Polizei!"

„Ach ja, das ist ja noch einfacher als ich dachte, mein Herr: Der Dieb meldet selber den Diebstahl bei der Staatsgewalt. Sind Sie sicher?"

Manes machte keinen sicheren Eindruck. Da sprach der ungebetene Gast weiter: „Ich mache Ihnen einen Vorschlag. Entweder rufen wir jetzt die Polizei oder Sie überlassen mir das Dokument. Schauen Sie, die erste Alternative ist sicherlich keine gute: Diebstahl an Archivmaterial, versteckt hinter der Fassade von Ehrenamt und Hilfsbereitschaft. Bei der zweiten Alternative könnten wir uns sogar dahin gehend einigen, dass ich mir eine Kopie mache, und Sie behalten das Original."

Manes Schmitz schwankte zusehends. Und damit traf der Unbekannte ins Schwarze: „Vorschlag, wir fahren ein Stück weg von hier und schauen uns das Papier an. Dann können wir uns noch einmal darüber unterhalten."

Da startete der Ford mit zwei Männern und fuhr in Richtung Rheinwiesen. Und die Oma, die auf dem Weg vom Bäcker war, hatte als letzte Manes Schmitz lebend gesehen, ohne ihn natürlich persönlich zu kennen.

Zwei Stunden später fand ein Jogger auf den Poller Wiesen einen geparkten Ford und darin einen leblosen Mann am Steuer und überall Blut. „Selbstmord!" dachte er und informierte die Polizei.

Unterstützung

Kubes Handy meldete sich. Es war sein Freund Jean Heimbach, Kommissar bei der Kripo: „Kube, wir haben einen Mordfall, der dich vielleicht interessiert. Hast du Lust, ein wenig mitzumachen?"

Kube: „Ich kenn' dich doch. Wenn du so anfängst, steckt etwas Besonderes dahinter, und du kannst oder darfst dich nicht ausschließlich auf diesen Fall konzentrieren.

Ich habe aber bereits was um die Ohren. Also lieber nicht."

Jean kannte Kube zu gut, als dass er nicht wusste, wie er weiter vorgehen musste, etwas in Zusammenhang bringen, was vordergründig überhaupt nichts miteinander zu tun hat: „Schade; da ist dann nichts zu machen. Aber du hättest für mich ein paar Dinge evaluieren können. Die Geschichte vom Stadtarchiv hat damit zu tun. - Schade!"

Da wurde Kube hellhörig, aber er spielte weiter den Uninteressierten: „Wieso das, da ist doch alles geklärt. Die Spundwände, die fehlenden Verankerungen, das geklaute Material ... Aber was hat das mit dem Mordfall zu tun?"

Jean Heimbach lachte in sich hinein: „Siehst du, ich habe ihn!" Und ins Telefon sprach er geheimnisvoll: „Das kann ich so nicht sagen. Aber wie wäre es mit einem kleinen Treff in der Altstadt heute Abend. Die Frauen können ja mitkommen. Erika und Mary verstehen sich doch gut, und Frauen haben immer ein Thema, über das sie sich auslassen können. Wir sprechen dann über meinen neuesten Fall. - Na klar, und ein wenig essen beim Kölsch können wir auch. Okay?"

Kube tat so, als ob er noch lange überlegen müsste, bevor er auf den Vorschlag einging. Dann vereinbarten sie Zeit und

Ort ihres Treffens, und Jean Heimbach reservierte einen Tisch für vier Personen.

Marilyn musste nicht groß überredet werden, als sie von dem kleinen Abendessen mit den Freunden hörte. Natürlich erzählte Kube ihr nichts von dem eigentlichen Anlass, und natürlich ahnte Marilyn, dass da mit Jean ein neuer Fall ins Haus stand.

Jean fiel selbstverständlich nicht mit der Tür ins Haus. Nach einem kleinen Happen, drei Kölsch und der Sicherheit, dass die beiden Frauen in einem für sie interessanten Gespräch gelandet waren, sagte Kube zu Jean: „Nun leg mal los!"

„Wir haben in den Poller Rheinwiesen in einem Ford eine Leiche. Es sah zuerst aus wie ein Suizid. Unser Doc hat aber festgestellt, dass der Mann getötet wurde, Kopfschuss. Technische Untersuchungen haben dann auch ergeben, dass eine zweite Person in dem Wagen gesessen hat. Das könnte also der Mörder sein."

Kube: „Ja, Jean, das ist nun mal deine Aufgabe, den Mörder zu finden. - Aber was hat das mit dem Stadtarchiv zu tun?"

Jean Heimbach wiederholte: „Ja, was hat das mit dem Stadtarchiv zu tun? Antwort: Eine ganze Menge, indirekt!

Da muss ich etwas weiter ausholen. Meine Kollegen vom Bruch", so sprach Jean immer vom *Einbruchsdezernat,* „bekamen heute früh einen Anruf vom Chef der Halle in Porz, wo das Archivmaterial zuerst behandelt wird. Ein ganz wertvolles Dokument, das man gestern gefunden hatte, ist über Nacht verschwunden, erstens. Zweitens: Einer der ehrenamtlicher Helfer bei diesen Erste-Hilfe-Aktionen für die Archivalien wurde beim Einchecken heute Morgen noch einmal kurz gesehen, dann aber nicht mehr.

Nun kommt es: Der Wagen, in dem der Tote gefunden wurde, ist auf diesen Helfer zugelassen. Wer der Ermordete ist, ob er der verschwundene Helfer ist, wissen wir noch nicht, er ist noch nicht identifiziert worden und liegt noch in der Kühltruhe." Kühltruhe, das war Jeans Ausdruck für die Pathologie.

Kube konnte fast seine Aufregung nicht verbergen, zu sich selber sagte er: „Wenn das nichts mit meinem Fall *Stadtarchiv* zu tun hat! Ich würde für meine Kenntnisse von Logik keinen Pfifferling mehr geben." Und dann fragte er seinen Freund Jean, den Kommissar vom Mord in Köln: „Also noch nicht identifiziert, Ihr kennt aber den Halter des Wagens?"

Jetzt, wenn Jean antwortet, wird sich zeigen, ob meine Logik die Realität wiedergibt, oder ob die Logik der Realität angepasst werden muss.

Jean antwortete: „Ja, logisch; das ist eine unserer ersten Arbeiten in derartigen Fällen."

Er machte eine kurze Pause. Kube drängte: „Na und?"

„Du wirst ihn nicht kennen, es ist ein gewisser Manes Schmitz irgendwo aus der Stadt."

Kube atmete tief aus, eine ganz gewaltige Spannung fiel von ihm ab. Wenn es auch in Köln eine ganze Menge von Leuten mit diesem Namen gibt, so war es für ihn doch keine Frage, dass das „sein Manes Schmitz" war. Er fragte sein Gegenüber gespielt kühl: „Und was hätte ich da für dich zu tun?"

Der antwortete: „Weißt du, das Kompetenzgerangel bei uns! Ich möchte nicht nur den Toten als Anhaltspunkt bei der Mordaufklärung haben, sondern auch die Spur im Porzer Lager verfolgen. Da darf ich aber nicht hin, weil die vom *Bruch* das beansprucht haben, und unser gemeinsamer Chef hat es so entschieden: Solange keine konkreten Verbindungen aufgedeckt sind, muss ich gleichsam im Totenauto sitzen und darf nicht in den Archivresten wühlen.

Du könntest für mich ein bisschen in der Halle schnüffeln, du kennst doch so viele Leute, du machst es gern und hast sonst nichts zu tun!"

Kube nach einer kleinen Pause, in der er das Für und Wider zu überdenken schien: „Gut, mache ich, allerdings unter der Bedingung, dass du mir alles erzählst, was im Falle Manes Schmitz herauskommt."

„Abgemacht. Du erhältst alle Informationen, bevor sie die Presse oder jemand anders bekommt."

Dass hier Polizei-Interna nach außen dringen könnten, war überhaupt nicht zu befürchten und auch nicht ungesetzlich: Die Informationen wurden gefiltert, bevor sie Kube erreichten, und sollten dennoch einmal nur für den internen Gebrauch bestimmte Dinge bei ihm landen, so war Heimbach sicher, dass Kube sie loyal, gewissenhaft und diskret, wie einer von den ihrigen, benutzen würde.

So, damit war das „Geschäftliche" unter den Männern erledigt; die Frauen hatten anscheinend immer noch nicht das Repertoire an Themen ausgeschöpft, wandten sich aber den Männern zu, als sie merkten, dass bei denen eine gewisse Funkstille eingetreten war.

Kube zu Jean: "Mich irritiert etwas an dir. Seit wann trägst Du so ein Amulett um den Hals?"

Jean nahm das Amulett ab und hielt es in der Hand: "Gefällt es dir?"

Kube betrachtete es aus der Nähe: "Sehr geschmackvoll. Schöne asymetrische Form, Edelstahl mit unregelmäßig angeordneten Diamantsplittern. Das passt nicht zu einem Mann, und schon gar nicht zu dir. Das ist was für unsere Frauen. Und bei den Frauen könnten auch noch kleine Ohrstecker aus demselben Material hinzu kommen."

Jean holte ein Gerät in der Größe eines Handys aus der Jackentasche, steckte das Amulett in einen Schlitz an der Seite, und Kube hörte seine eigene Stimme: " ... Das ist was für unsere Frauen, Und bei den Frauen könnten auch noch Ohrstecker ..."

Jean nahm das Schmuckstück heraus und sagte zur ganzen Runde – auch die Frauen starrten ungläubig auf den Anhänger: "Also, das ist das jüngste Produkt unseres PC, ein Mini-Aufzeichnungsgerät von unsrem technischen Genie, von Paul Chubois. Es ist gerade so groß, dass ein Chip hineinpasst. Und wenn wir einen 64 GB Chip hineinlegen, dann könnten wir Aufnahmen ununterbrochen über zehn Tage machen. Von der akustischen Qualität konntet ihr euch überzeugen."

Kube war begeistert von dem kleinen Gerät, in dem die modernste Technik realisiert war, und Marilyn war vom Design angetan. Und so hatte Jean keine Mühe, Marilyn den Anhänger mit der dünnen Kette umzulegen. Sie ihrerseits bestand auf die Ohrstecker, die Jean "rein zufällig" bei sich hatte. Sie waren sehr hübsch, aus demselben Material wie der Anhänger und, wie dieser, sparsam mit wenigen Diamantsplittern besetzt. Kube bekam von Jean das Abspielgerät, "damit er", wie Spasses halber gesagt wurde, "immer hören könnte, was Marilyn so treiben würde."

Das war sicher lustig von Jean gemeint, aber es wäre besser gewesen, er hätte es nicht gesagt.

Erika und Jean liefen die paar hundert Meter bis nach Hause. Marilyn und Kube nahmen die nächste Bahn. Auf der Heimfahrt war Marilyn ganz zugeknöpft, und welches Thema Kube auch anschnitt, ihre Antwort war sehr knapp, und ihr Blick ging starr durch das Fenster der Bahn nach draußen.

"Soll ich mit hochkommen?" fragte er sie vor der Haustür.

Ihre Antwort kam schnippisch: "*Soll*? Du sollst gar nichts!"

Kube wusste nicht, warum sie sich so abweisend verhielt. "Was ist den los, Lynn?"

"Gute Nacht," sagte sie und ging in ihre Wohnung hoch, allein.

Kube stand noch ein paar Augenblicke vor der Tür, durch die Marilyn verschwunden war. Dann bekam er ein ganz schlechtes Gefühl, das er mit drei Kölsch in einer Kneipe auf dem Nachhauseweg bekämpfen wollte. Vergeblich! Ohne richtige Verabschiedung war Marilyn weggegangen, und es kam ihm wie ein *Abschied für immer* vor. Was hatte sie nur?

Kube wählte die Nummer, und war fast total zufrieden, als er ihre Stimme hörte.

"Lynn, was ist eigentlich los?"

Es dauerte ein paar Sekunden, bis sie antwortete, und Kube war sich dabei sicher, dass sie auf seinen Anruf gewartet hatte.

"Was los ist? Findest Du es so gut, mich zu kontrollieren? Dafür soll ich das Amulette tragen, damit Du immer nachschauen kannst, was ich gemacht habe. Das ist aber eine Liebe bei dir!"

Kube musste lachen, ihm wurde so leicht zumute, und er verstand gar nicht mehr, warum er noch vor ein paar Minuten so deprimiert gewesen war. "Lynn, das war es? Da habe ich nun gar nicht dran gedacht, um Gottes Willen! Und auch Jean nicht. Es ist doch zunächst ein Schmuckstück, und zusammen mit den Ohrsteckern hat es dir doch auch gefallen. Dass man damit versteckte Aufnahmen machen kann, kann uns vielleicht einmal von Vorteil sein. Aber damit ich nun in deinen Augen ganz außer Verdacht stehe, schlage ich vor, Du aktivierst alleine immer das Aufzeichnungsgerät und hörst es auch allein ab. Du entscheidest selbst, ob ich es auch hören darf. Okay?"

Obwohl Marilyn längst Kubes reines Gewissen gespürt hatte, ließ sie ihn eine Ewigkeit, wie ihm vorkam, warten, bevor sie fragte: "Es wird nichts aufgenommen, was ich nicht selbst veranlasse?"

"Ja!"

"Und keiner hört ab, was ich nicht freigebe?"

"ja, hm, das heißt nein!"

Marilyn war unerbittlich: "Hallo, Meister der Logik, was denn nun, ja oder nein?"

Kube merkte nun doch, dass er am Abend einige Kölsch zu sich genommen hatte, und so warf er einen Rettungsanker aus: "Lynn, quäl' mich doch nicht so! Du kannst mit dem Amulett machen, was Du willst, aber quäl' mich bitte nicht mehr. Das ist doch alles kein Grund, dass wir uns streiten! Bitte!"

"Schatz," hauchte sie nun, "ich habe es nicht so gemeint." Und nach einer Sekunde: "Kommst Du rüber, jetzt gleich? Die Heizung funktioniert nicht." Dabei musste sie lachen; denn angesichts der sommerlichen Temperatur würde niemand auf die

Idee kommen, die Heizung anzuschalten. Für Kube aber war das Leben wieder wunderschön, und glücklich machte er sich auf den Weg zu Marilyn.

Kube und Marilyn saßen beim Frühstück. Da sah Kube endlich die Chance gekommen, die entscheidende Frage zu stellen.

„Du, Lynn, das wollte ich Dich schon lange fragen: Ich möchte Dich heiraten. Willst Du meine Frau werden? Ich liebe Dich über alles, und Du liebst mich doch auch, oder?"

Und schon war er fertig. Sein Herz klopfte wie wild. Er hatte sich so viel vorgenommen, was er alles sagen wollte. Und nun waren es gerade dreißig Worte, fünf kurze, dahergestammelte Sätze, davon mindestens einer überflüssig, mit einem große Unsicherheit signalisierenden Abschluss eines Heiratsantrages!

Marilyn amüsierte sich über ihren Helden.

„Hast Du nicht einmal gesagt, ein Mathematiker könne nicht heiraten, weil die Frauen unberechenbar sind?"

„Ja, das habe ich; aber das war doch als Spaß gemeint."

Marilyn ließ ihn weiter zappeln: „Na, na, das habe ich aber nicht als Spaß empfunden. Nie ein Wort davon, und nun auf einmal kommt er und sagt, ob wir nicht heiraten sollten. - Kannst du das alles noch einmal wiederholen?"

Kube küsste sie leidenschaftlich und fing tapfer noch einmal an: „Lynn, ich liebe Dich über alles und möchte Dich heiraten. Willst Du meine Frau werden?"

So leicht machte Marilyn es ihm nicht, und gespielt teilnahmslos sagte sie: „Warum denn eigentlich, was ändert sich denn für uns? Wir leben doch fast wie ein Ehepaar, wir schlafen miteinander, wir frühstücken oft gemeinsam. Was willst Du denn mehr?"

Kube öffnete den Mund; eben noch hatte er genügend Argumente für eine Heirat, aber das, was er nun hörte, verschlug ihm die Sprache.

Marilyn fuhr fort: „Oder willst du damit nur Deinen Besitz zeigen? 'Das ist meine Frau' mit besitzanzeigendem Fürwort?"

Kube wusste nicht mehr, wo er dran war. War das seine Marilyn, die da sprach? War das ihre Liebe? Sein Gehirn versagte ihm in diesem Augenblick die Arbeit, und er war nur noch kaputter Körper. Wie wünschte er, dass sein Herz stehen bliebe!

Da merkte Marilyn, dass sie zu weit gegangen war. Sie sprang auf, und stürzte auf ihn zu. Ihr war egal, dass dabei die Tasse voller Kaffee umkippte und sich über die Tischdecke ergoss. Sie nahm seinen Kopf in beide Hände, küsste ihn lange und zärtlich, bevor sie sagte: „Verzeih' mir; jetzt hatte ich einen Spass gemacht. Bitte verzeih' mir, ich mache so etwas nie mehr. Natürlich will ich Deine Frau werden, natürlich möchte ich Dich heiraten. Ich liebe Dich noch viel mehr. Ich möchte immer bei Dir sein, ich möchte mit Dir Kinder haben. Ich habe doch schon so lange auf dieses Wort von Dir gewartet. Ich freue mich so, bitte verzeih' mir meinen dummen Scherz. Ich schwöre Dir, es war wirklich nicht ernst gemeint..."

Marilyn fand kein Ende, und wieder drückten sich ihre wundervollen Lippen auf die seinen, langsam kam er wieder zu sich und merkte, dass sich sein schlimmer Zustand in eine wundervolle Schwerelosigkeit verwandelt hatte.

Und dass Marilyn ihm den Abend versprach, empfand Kube als einen angenehmen Ausgleich für den Stress, den er eben gehabt hatte.

Froh gelaunt und mit frischer Energie stürzte Kube sich in seine Aufgabe, wie er es seinem Freund Jean zugesagt hatte und fuhr mit der Bahn zum Lager in Porz. Eine große Überwindung kostete ihn das nicht, dafür war er viel zu sehr in seinen Fall hineingezogen, und hier konnte er offensichtlich neue Informationen und „verbrechensrelevante Indizien" für sich selbst gewinnen!

Das waren ja Neuigkeiten, die er da gestern Abend von Jean erfahren hatte: Manes Schmitz als ehrenamtlicher Helfer in der Erste-Hilfe-Halle in Porz. Ein wichtiges Dokument aus dem Archiv ist gestohlen. Manes Schmitz tot, ermordet.

Kube merkte selbst nicht, dass er hier ein fiktives Gebäude errichtete, das noch gar nicht in der Basis abgesichert war. *Ist der besagte Halter des Ford „mein" Manes Schmitz? Hat der Tote etwas mit der Archivalien-Halle zu tun? Hat der Halter Manes Schmitz etwas mit der Halle zu tun? Hat „mein" Manes Schmitz etwas mit der Halle zu tun? Ist der Tote ein Manes Schmitz? Ist der Tote „mein" Manes Schmitz?*

Alle diese Fragen, und Kube war der festen Überzeugung, dass „sein" Manes Schmitz ehrenamtlicher Helfer für das Archiv gewesen war, als solcher an Material kommen konnte, ein wichtiges Dokument gestohlen hatte und dann ermordet wurde. Was war das für ein Dokument? Vielleicht die Abstammungsurkunde von Manes, hinter der er her war?

Hat da der Graf von Flamersfeld doch noch zugeschlagen, will er sich die zugesagte Abfindung sparen? Möglich ist es schon, aber nicht sehr wahrscheinlich. Ich habe den Grafen kennengelernt und würde aus meiner Kenntnis von Verbrechen und Verbrechern sagen, dass der dazu nicht in der Lage ist. Aber, man weiß nicht!

Um Klarheit zu haben, stieg Kube an der nächsten Haltestelle aus und wählte auf seinem Handy die Nummer des Grafen.

„Von Flamersfeld, guten Tag." Der Graf musste laut sprechen. Kube hörte im Hintergrund Kettengerassel, kreischende Motorsägen, Krachen von Ästen und Bäumen und undeutliche Verständigungsrufe.

„Hier ist Kurt Becker, wir haben uns vor ein paar Tagen kennengelernt. erinnern Sie sich?"

„Ja sicher, der akademische Detektiv! Oh, entschuldigen Sie, war nicht so gemeint. Was gibt es? Sie hören, ich bin bei meinen Waldarbeitern, das geht von Morgens bis Abends, so lange das Licht mitmacht, und das jetzt am fünften Tag."

„Ich mache schnell, Herr von Flamersfeld. - Wissen Sie, dass gestern Ihr Manes Schmitz ermordet wurde?"

Kube erinnerte sich ungern an die Situation, als er sich gleichsam von hinten herum an den Grafen herangemacht hatte, und von Flamersfeld ihm auf den Kopf zusagte, wozu er gekommen war. So wandte er hier eine Vorwärtsstrategie an.

Er hörte an seinem Handy lediglich die Hintergrundgeräusche und fragte darum: „Hallo, sind Sie noch da?"

Endlich meldete sich Graf von Flamersfeld, nun aber nicht mehr so forsch, wie Kube ihn bisher erlebt hatte: „Ja, das ist ja furchtbar, das hat der Arme aber nicht verdient. Wir hatten so lange Streit miteinander, wir sind so oft vor Gericht gewesen, ich kannte bei Herrn Schmitz jede Regung im Gesicht, er zog bei meinen Gegenargumenten die rechte Schulter ein wenig hoch, das wirkte immer so hilflos."

Und nach einer kurzen Weile: „Da habe ich ihm vor vier Tagen noch die Abfindung überwiesen, durch die Land- und Wald-Bank in Neuwied; das hätte ich mir dann ja sparen können. - Oh, entschuldigen Sie, sowas sollte man in einer derartigen Situation nicht sagen.

Herr Doktor Becker, stimmt das denn? Das ist ja furchtbar!" fügte er noch einmal hinzu.

Und nach einer weiteren Pause: „Wenn Sie erlauben, möchte ich nun Schluss machen."

Kube verabschiedete sich und beendete das Gespräch.

Nein, das ist kein Mörder! So kann man sich nicht verstellen, und der Graf hat doch bereits die Summe überwiesen! Nein, ich muss den Grafen von Flamersfeld ganz von der Verdächtigen-Liste nehmen, vorläufig zumindest.

Um eine Bestätigung der Graf-Aussagen zu haben, ließ er sich von der Auskunft die Telefonnummer der Land- und Wald-Bank in Neuwied geben und mit ihr verbinden.

Nach zwei bank-internen Verbindungen konnte er seine Frage formulieren: „Hat der Graf von Flamersfeld die Überweisung an mich vorgenommen? Mein Name ist Manes Schmitz aus Köln, und ich warte auf die 50.000 Euro."

„Die Überweisung ist noch nicht angekommen? Sie ist hier raus, spätestens Ende der Woche ist sie auf ihrem Konto."

Kube war's zufrieden, er bedankte sich und sah sich in seiner Einschätzung zu Graf von Flamersfeld bestätigt: Das war kein Mörder!

Kube stieg bei der Porzer Halle aus, meldete sich beim Sicherheitspersonal und war nach dessen Rücksprache mit dem verantwortlichen Leiter mit einem umgehängten Ausweis in der Halle. Heiße, stickige und stinkende Luft hatte ihn empfangen und ließ ihn nicht los, bis er später die Halle wieder verließ. Aufgewühlter feiner Staub trübte das Licht, das durch die hohen Fenster hereinschien oder von den kalten Neonleuchten herkam.

An großen Tischen arbeiteten die freiwilligen Helfer die vor ihnen liegenden Schutthaufen ab. Sie waren in weiße Overalls gesteckt, hatten einen Atemschutz vor dem Gesicht und Einmalhandschuhe über den Händen und holten Papierreste oder, wie Kube dann erfuhr, persönliche Gegenstände von den Toten und ehemaligen Bewohnern hervor.

Kube ging zu seinem Bekannten, dem Verantwortlichen für die Sicherheit.

„Hallo, Dick." Der Angesprochene hatte wohl ein paar Pfund zuviel für seine Größe; seit der Schulzeit nannten ihn seine Freunde *Dick,* aber das Schöne war, dass Dick das nichts ausmachte.

„Hallo, Kube. Wie geht es denn noch? Lange nicht gesehn."

„Wohl wahr. - Das ist sicher eine interessante Arbeit für euch," sagte Kube und blickte sich um.

Dick: „Das kannst du wohl sagen, aber auch anstrengend. Hier drinnen sind wir nach vier Stunden fertig, dann werden wir abgelöst. - Was führt dich denn her?"

Kube wollte so schnell wie möglich wieder raus: „Die Nacht ist doch hier eingebrochen und was gestohlen worden!"

„Nee," antwortete Dick, „gestohlen wohl, aber nicht eingebrochen, da haben unsere Leute schon aufgepasst. Nein, da muss ein Insider dran gewesen sein. Deshalb kontrolliere ich gerade die Liste aller Beschäftigten, der Festangestellten und der freiwilligen Ehrendienstler!"

Kube: „Kann ich dir dabei über die Schulter schauen?"

„Heute lieber nicht. Aber komm, warum bist du hier, altes Haus?" Das war typisch Dick. Man ist noch keine Dreißig, und schon firmiert man unter „Altes Haus"! Kube aber kannte die vertraulichen Anreden von Dick für seine Freunde und ordnete sie richtig ein.

„Jean Heimbach hat mich gebeten, mich hier ein wenig umzusehen; das konnte ich ihm nicht abschlagen." Dick kannte Jean auch und wusste, dass die Beiden Freunde waren. Er wusste aber nicht, dass Kube ihm nur die halbe Wahrheit gesagt hatte.

„Okay, Kube, schau dich ein wenig um, geh auch mal nach oben! Und wenn dir das was bringt, lasse ich in der Zwischenzeit Kopien aller Mitarbeiter für dich machen. Ist das in deinem Sinne?"

„Ja, das wäre prima, Dick. Dann gehe ich mal rund. Bis gleich!"

Kube ging in den oberen Trakt der Halle und ließ sich den Raum zeigen, aus dem das wertvolle Dokument gestohlen worden war. Der Sicherheitsbeamte vor der Tür und ein weiterer Mann in Zivil – Kube identifizierte ihn leicht als Kriminalbeamten, offensichtlich vom Einbruchsdezernat – wollten ihn nicht reinlassen; nach einem kurzen Rückruf bei Dick ließen sie ihn aber passieren.

Hier war die Luft ein wenig angenehmer; aber dennoch empfand Kube "Dicke Luft": Ein kleiner rundlicher Mann mit hochrotem Gesicht war kaum zu beruhigen. Er ließ nichts Gutes an dem Personal und den Sicherheitsleuten, die vor ihm wie die Kinder vor Sankt Nikolaus standen und seine Strafpredigt entgegennahmen.

„ ...es ist unglaublich: da fällt das ganze Stadtarchiv in sich zusammen mit dem so genannten totalen Gedächtnis der Stadt Köln, da werden unter Lebensgefahr Schuttreste zusammengetragen und mit endlosem LKW-Einsatz hierher gebracht, da sollen Wissenschaftler monatelang an der Aufarbeitung und den Voraussetzungen zur Restaurierung sitzen und, haben wir dann eines der wichtigsten Dokumente gefunden, halbwegs restaurierbar, dann wird es unter Ihren Augen, meine Damen und Herren, einfach mal gestohlen, und es ist weg, ab auf Nimmerwiedersehen! Und die Herren vom Sicherheitsdienst", die Damen hatte er in seiner Erregung bereits vergessen, „die Herren vom Sicherheitsdienst sind nur in der Lage, zu sagen, dass etwas gestohlen wurde!
Unglaubliche Zustände!"

Einer von den Zurechtgewiesenen versuchte eine Wendung der Strafpredigt herbeizuführen: „Wir werden alles tun ..."

Aber er wurde von der kleinen roten Birne unterbrochen: „Was heißt das: *Wir werden alles tun?* Sie hätten vorher was tun müssen, jetzt ist es zu spät. Der Ruf meines Archivs ist ruiniert, und das noch nicht mal allein wegen des Einsturzes, sondern wegen Ihrer unverzeihlichen Schlamperei, ja Schlamperei, anders kann man ihre Arbeit hier nicht nennen!"

Kube versuchte, etwas Ruhe in die Situation zu bringen: „ Was ist denn eigentlich gestohlen worden?"

O Gott, der Kleine explodierte förmlich: „ Haben Sie das gehört: *Was ist denn eigentlich gestohlen worden?"* Diese Worte gehen noch an alle Umstehenden, die nächsten aber in großer Deutlichkeit und Lautstärke direkt an Kube: „Sie Ignorant. Da wird mein wichtigstes Dokument, eine Schrift aus dem 12. Jahrhundert, einfach mal gestohlen und da kommt so einer wie Sie hierher und fragt, was denn eigentlich gestohlen worden sei, so als ob bei Ihnen mal einer eine Blume im Garten gepflückt hat. Ihre Frage hört sich fast so an, als ob ich unberechtigter Weise in diese Erregung geraten bin. Meine mir gestohlenen Blume ist die Mariawalder Regel, die *Regula Nemoris Mariae,* schreiben Sie sich das hinter die Ohren! - Wer sind Sie überhaupt?"

Kube zog es vor, den Raum zu verlassen. Er murmelte eine Entschuldigung und war froh, als er wieder die frische Luft vor der Halle einatmen konnte. Noch größer war seine Freude, als ein Sicherheitsbeamter ihm eine Liste mit einem schönen Gruß von Dick überreichte. Seine Freude wurde nur noch übertroffen von einer gewissen Befriedigung, als er auf der Liste außer Manes Schmitz auch einen gewissen Professor Bellman fand. *Bingo!*

Kube ging zum Parkwächter und fragte ihn, ob ihm denn heute Morgen irgendetwas an den Einfahrenden aufgefallen war.

„Jo, ich mein, nee. Wat soll mich denn aufjefalle sein? Ich guck bloß, ob die och all ein Berechtijung hann, für he ze parke. Sons ... Wo soll ich dann noch hingucke?"

Kube kannte diese Typen. Er holte einen 5-Euro-Schein raus und gab ihn dem Parkwächter: „Für eine Tasse Kaffee. Die

Arbeit ist sicher nicht die Schönste, und wahrscheinlich muss die Rente ein wenig aufgebessert werden."

„Oh, schönen Dank och. Jo, jo, de Rent ess och net mie, wat se mol wor. Wenn menge Opa fröher vun sing Rent sproch, kom hä fass ent Träume.

Noch emol vielen Dank. Ich meen, ich künnt üch jo jät Besonderes verzälle vum Usfahre, ävver donoch hatt Ihr mich jo net jefragt."

Kube musste in sich hinein lachen. *Der Alte hat es faustdick hinter den Ohren!*

„Also gut, da habe ich mich nicht klar genug ausgedrückt. Gab es denn etwas Besonderes, als Autos vom Parkplatz runterfuhren?"

„Ävver secher dat. Do wor su ne Kotzbrocke us em Dörp – D wie Dötschkopp – dä fuhr noh en halv Stund, nohdem hä jekumme wor, alt widder weg. Nä, wat dä en Remmi-Demmi jemaht hät! Do komme noch su viel zum Parke, un die Ausfahrt wor blockiert. Dä Doll kunnt net direk erus. Ich han dann mol ins Verkehrsgeschehen einjejriffe un dofür jesorch, dat hä eruskunnt."

Kube fingerte nach einer weiteren 5-Euro-Note, gab sie dem Parkwächter und sagte: „Es ist immer schade, dass Männer wie Sie nicht mehr an verantwortungsvoller Stelle arbeiten können. Leider wissen viele Firmen nicht, welches Potenzial damit bei ihnen nicht zum Zuge kommt. Wie ich Sie einschätze, haben Sie sich die Autonummer gemerkt."

„Nix einfacher wie dat. Et stimmb schon: ich hatt en wichtije Position; dat wor am Flughafen bei de Jepäckbänder. Ävver op emol heeß et: Nix jeht mi!

Also die Nummer wor *Dörp, Charly Tango ßrie, tu zero.*"

Kube musste einen Augenblick überlegen, was das für ein Kennzeichen war. Dann ging ihm auf: die Angabe war eine Mischung aus Fliegeralphabet, Englisch und der speziellen Ausdruckweise seines Gegenübers. Das Auto hatte das Kennzeichen D – CT 320. - Über seine Kontakte im Zulassungsamt bekam Kube heraus, dass ein gewisser Professor Doktor Schirmeyer der Halter dieses Wagens war.

Am Abend saß Kube bei Marilyn. Er hatte ihr berichtet, was er in Porz erlebt hatte. Nun war er weiter in seinen Fall vertieft und machte halblaut eine Zusammenfassung seiner Kenntnisse. Marilyn wuselte in der Küche, sie wollte eine Kleinigkeit für den Gaumen zubereiten.

Die Küche war lediglich optisch vom Wohnzimmer getrennt, eine Bar, von beiden Seiten benutzbar, stand zwischen den zwei Räumen. Mary bekam alles mit, was Kube von sich gab.

„Manes Schmitz und Bellman arbeiten als ehrenamtliche Helfer in der Aufbereitungshalle in Porz. Beide sind heute nicht bei ihrer Arbeit. Der Ermordete wurde in einem Wagen, der auf einen Manes Schmitz zugelassen war, gefunden. Schirmeyer ist auch auf dem Gelände. Das allse ist Fakt.

Und nun die Annahmen: Alle sind hinter der *Regula Nemoris Mariae* her. Einer von ihnen stielt das wertvolle Dokument. Das ist Manes Schmitz. Bellman - oder Schirmeyer - will die Schrift in seinen Besitz bekommen und ermordet ihn."

Marilyn meldete sich aus der Küche: „Schatzilein! Wieso sind denn alle drei hinter diesem ominösen Schriftstück her? Es wusste doch wohl niemand, was dahintersteckte; Du hast es doch auch erst heute erfahren. Es kann doch auch eine

Verwechslung sein! Ich kann mir nicht vorstellen, dass ein Manes Schmitz sich um so etwas kümmert; ihn interessiert doch etwas anderes!"

„Stimmt," dachte Kube. Er hatte Marilyn immer alles erzählt, und so wunderte er sich nicht über ihren Kommentar.

Sie fuhr fort: „Wie soll Manes Schmitz diesen Diebstahl begangen haben, wo alles so gesichert ist? Könnte es nicht eher Bellman oder Schirmeyer gewesen sein, die aufgrund ihres Professorentitels sehr leicht, zumindest leichter als ein Manes Schmitz, Zugang zum Dokument erhalten hätten?

Und noch etwas, mein liebster Kurt, so viel ich weiß, hast du noch keine Bestätigung von Jean, dass der Tote Dein Manes Schmitz ist."

Die aber kam über sein Handy am nächsten Morgen. Jean teilte ihm mit, dass der Tote von Verwandten als Manes Schmitz identifiziert worden war. Zusätzliche Recherchen in der Aufbereitungshalle hatten ergeben, dass er dort als Ehrenamtler gearbeitet hatte. „Bei diesem Sachverhalt kann ich nun dort auch aktiv werden," schloß Jean seinen Bericht ab. Dann fragte er noch: „Was hast du herausgefunden?"

Kube wollte noch nicht zuviel preisgeben: „Ach, noch nichts, außer, dass auch ich Manes Schmitz auf der Liste gefunden habe. Ich schicke dir die Liste aller Mitarbeiter und freiwilligen Helfer im Porzer Lager." Sollte Jean doch selbst auf Bellman oder auf Schirmeyer und die Zusammenhänge im Fall des Stadtarchivs kommen! Kube gab im allgemeinen die Ergebnisse seiner Untersuchungen erst dann an die Polizei weiter, wenn er sich zu neunzig Prozent sicher war.

Fehlende Beweise

Kube ging in die Stadtbibliothek; er wollte die Sichtweise, die einen großen Teil des Mittelalters in Frage stellte, näher kennen lernen. Mit anderen Worten: er wollte neben Bellman auch Schirmeyer einordnen können. Bellmans Sicht kannte er im Prinzip, zum einen war sie die, die jeder Schüler einer halbwegs anspruchsvollen Schule vermittelt bekommt. Zum anderen dachte er an die Privatlektion, die er von Bellman erhalten hatte. - Aber von Schirmeyers Anspruch wusste er zu wenig!

Bald las er in dem betreffenden Buch, und je länger er darüber saß, umso mehr wurde er von dem Gedanken des Autors gefesselt. Nahezu drei Jahrhunderte waren nach dessen Meinung in die echte Zeit hinein konstruiert worden, so dass man von einer *Phantomzeit* oder einem *Erfundenen Mittelalter* sprechen könnte. Da es sich um die Zeit von 614 bis 911 handelt, wären Personen wie Karl der Große, Papst Leo III oder Harun al Raschid ebenso fiktiv.

Der Autor berief sich auf die Tatsache, dass die Mediävisten sich in erster Linie schriftlicher Zeugnisse, Urkunden, Chroniken, Berichten, bedienten, andere Zeugnisse, wie archäologische Funde aber weniger zur Überprüfung heranzögen oder gänzlich ignorierten. Für die klassische Sichtweise habe die Urkunde immer Recht, auch im Zweifelsfall!

Kube ahnte, welche Bedeutung diese Auffassung haben würde, sollte sie allgemein akzeptiert werden, und warum sie bei den Vertretern der konservativen Lehrmeinung einen solchen Widerstand hervorrief. Ihm wurde nun klar, wieso der Wissenschaftler Bellman derartig über „seinen Kollegen" Schirmeyer urteilte.

Er ging mit dem Buch zur Ausleihe; er war sich sicher: auch Marilyn würde die Lektüre verschlingen!

Auf dem Weg zu ihr ging Kube immer wieder seinen Fall durch: *Die beiden Wissenschaftler Bellman und Schirmeyer bekämpfen sich persönlich in der Öffentlichkeit. Beide sind in irgendeiner Weise in den Einsturz des Stadtarchivs verwickelt; beide sind hinter der Mariawalder Regel her. Hat die Regula etwas mit der fiktiven Zeit zu tun? Und wenn ja, was? Ist hierbei ein Motiv für das Verbrechen?* Kube ging nach wie vor davon aus.

Er hatte das unbestimmte Gefühl, den Schlüssel des Falles in der Hand zu haben; aber noch wusste er nicht, wo und wie er den Schlüssel ansetzen sollte. Nur in einem war er sicher: *Bellman und Schirmeyer kommen in der Liste ganz weit nach oben.*

So war er, auch in der Gegenwart seiner schönen Marilyn, auch bei ihren heißen Küssen, mit denen sie ihn sozusagen eindeckte, in Gedanken bei der Phantomzeit und bei Karl dem Großen.

„Was ist, mein Liebster, wo bist du?" fragte Marilyn ihn.

„Ach," sagte Kube, „Lynn, weißt du etwas von Phantomzeit?

„Ja," lachte sie ihn an und sprach dann flüsternd weiter: „Das ist die Zeit, die für mich nicht zählt, die aber unendlich langsam vergeht, das ist die Zeit, wenn du nicht bei mir bist. Das ist die Zeit ohne dich!" Und sie küsste ihn wieder und wieder. „Und was ist deine Phantomzeit?"

Es dauerte eine geraume Zeit, bis Kube seine Gedanken wieder geordnet hatte. Dieses Pendeln zwischen animalischer Wildheit und kontrollierten Gedanken bei Marilyn überraschten und faszinierten ihn immer wieder.

„Schau, da ist Karl der Große, oder vielmehr, der ist gar nicht, das heißt er war gar nicht. Aber er war alleine nicht, eh, nicht allein, ich meine, er war nicht alleine nicht ...“

Marilyn sah ihn zuerst mit fragenden Augen an, dann aber begann sie zu lachen. Kube war einen Augenblick irritiert; schließlich aber lachte auch er. Als er später noch einmal seinen Bericht zur Phantomzeit begann, klappte es besser, und Marilyn hörte ihm aufmerksam zu, als er in Kurzfassung weitergab, was er in der Bibliothek gelesen und welche Schlussfolgerungen er daraus gezogen hatte.

Marilyn hatte sich wie eine Schmusekatze zusammengerollt und auf seinen Schoß niedergelassen. Nach seinem Bericht war zunächst Stille.

Dann fragte sie ihn: „Und nun?“

Kube ratlos: „Wenn wir nur wüssten, was in der *Mariawalder Regel* steht ...“

Marilyn: „ Wir wissen zwar nicht genau, was drin steht, wissen aber, dass es um Schreibregeln geht. Und haben wir damals in Mariawald nicht die Vermutung geäußert, das etwas Wichtigeres als normale Schreibregeln dahinter stecken könnte? Wir haben von einem Schatz gesprochen!“

„Ja,“sagte Kube langsam. „Und wenn jetzt in der *Regula Nemoris Mariae* ewas zur *Phantomzeit* steht, zum Beispiel, dass man dreihundert Jahre zwischen die echten Jahre geschoben hat, dass man dazu Personen erfunden hat, wie Karl den Großen ... dann wird klar, warum Wissenschaftler wie Bellman und Schirmeyer hinter dieser Schrift her sind.“ Kube war es wie Schuppen von den Augen gefallen.

Marilyn bestätigte ihn: „Angenommen, es steht etwas Derartiges in der *Regula*, dann hätte Bellman Interesse daran, sie verschwinden zu lassen, Schirmeyer aber, sie öffentlich zu machen, und Bellmans wissenschaftlicher Ruf wäre für immer dahin."

„Ja, das bedeutet auch den Verlust seines Lehrstuhls – aber er wäre nicht der einzige, der mit diesen Konsequenzen leben müsste. Allein in Deutschland gibt es ungefähr einhundert Hochschulen. Angenommen an jeder gibt es auch nur drei Dozenten für Mittelalterkunde der klassischen Sichtweise, dann gibt es dreihundert Betroffene."

Kubes Euphorie brach plötzlich zusammen, und langsam gab er zu bedenken: „Aber, das alles kann doch nicht ein Motiv für eine Manipulation am Stadtarchiv sein! Als Wissenschaftler hätte sowohl Bellman als auch Schirmeyer doch zu jeder Zeit Zugang zu den Archivalien gehabt."

„Gut," warf Marilyn ein, „Bellman und Schirmeyer hätten als Wissenschaftler leichter Zugang zu den alten Schriften gehabt als unsereins; aber auch dann wären sie als Ausleiher dokumentiert worden, und im übrigen ist es Usus, das heißt: *war es Usus* im Stadtarchiv, solche hoch sensiblen Unterlagen vor der Herausgabe zu photographieren. Angenommen, Bellman hätte die *Regula* ausgeliehen und sie dann verschwinden lassen, dann wäre erstens sein Ruf als Wissenschaftler dahin gewesen und zweitens hätte es noch eine Kopie gegeben."

„Ja, richtig!" sagte Kube nachdenklich. Schirmeyer aber hätte, wenn er die Schrift ausgeliehen hätte, den Inhalt veröffentlichen und damit seine These vom *Erfundenen Mittelalter* erhärten können. Warum hat er das nicht getan?"

„Na, warum, mein lieber Detektiv? Was sagt deine Logik?" fragte Marilyn.

Kube war sich sicher.: „Schirmeyer hat nichts von der Brisanz dieser Schrift gewusst. Er ist erst vor kurzem dahinter gekommen, vielleicht durch die geheimen Aktivitäten von Bellman!"

„Weißt du," sagte Marilyn, „du hast so lange nicht mehr Klavier gespielt. Spiel doch ein wenig für uns beide!"

Kube war es Recht. Er brauchte eine gewisse Zeit zum Ordnen seiner Gedanken, und zudem war es für sie beide immer ein inniges Zusammensein, ein Sich-Zusammenfinden im emotionalen Bereich der Musik, ein harmonisches sensibles Vorspiel für explosive Leidenschaftlichkeit. Wortlos!

Er begann, wenn sie dabei war, mit dem englischen Volkslied *Early one Morning*. Es war für sie beide mit wunderschönen Erinnerungen an die erste gemeinsame Zeit verbunden. Die zerklüftete Landschaft Schottlands tauchte vor ihnen wieder auf, sie schmeckten die herbe, nach Freiheit duftende Luft, sie spürten das weiche Gras und die wärmende Juni-Sonne. Sie hörten in der Ferne eine traurige Mädchenstimmen, und auf das Paar legte sich eine seltsame Mischung von Schmerz und Freude, Kampf und Hingabe, die sie enger zusammenwachsen ließ und sie nie mehr verlassen würde.

Aber Kube wurde von seinem Fall eingeholt. Er fasste ihn für sich zusammen, wie er nach seiner Vermutung abgelaufen war: *Bellman will die Regula unter allen Umständen in seinen Besitz bekommen, wahrscheinlich, um sie zu vernichten oder zumindest eine Veröffentlichung zu verhindern. Er betraut seinen Assistenten mit der Aufgabe, die Regula zu besorgen. Ihnen kommt der Bau der U-Bahn entgegen, der in der Nähe des Stadtarchivs zu großen Baugruben führt.*

Der Assistent stammt aus einer Familie, die durch die berühmte Tunnelflucht in Berlin bekannt wurde. Sicher wurde vom Vater und Großvater immer wieder von diesen dramatischen Ereignissen erzählt. Er hatte sogar seinen Namen nach dem Auftauchort Bernauer Straße erhalten, Bernd. Was liegt näher als die Vermutung, dass er am Stadtarchiv in gleicher Weise einen Tunnel gebaut hat, um irgendwie so an das Ziel zu kommen, nämlich in das Stadtarchiv und damit an die Regula?

Schirmeyer hat relativ spät von dieser Urkunde und den Aktivitäten Bellmans Wind bekommen. Er heuert einen Privatdetektiv an und lässt die Wühlarbeiten fortan beobachten. Der Beobachter, Detektiv Malchow aus Düsseldorf, ist bis zum grausigen Ende dem Assistenten auf den Fersen.

Schirmeyer erkundigt sich immer wieder bei den Aufräumarbeiten, ob die Regula gefunden wurde. Bellman hat sich als Freiwilliger zur Ersten Hilfe in der Porzer Halle gemeldet, wie auch Manes Schmitz. Der wiederum hat eine Urkunde gestohlen und wird kurz darauf ermordet und ohne Diebesgut aufgefunden. Wer hat denn Interesse an dessen adeligem Abstammungszeugnis? Nur von Flamersfeld, der hat aber ein Alibi, und überhaupt, der ist kein Mörder!

Kube schaute zu Marilyn; sie hatte Tränen in den Augen, und das machte ihn betroffen. „Was hast Du, Lynn?" Er stand auf und nahm sie in seine festen Arme.

Sie schaute ihn mit großen Augen an, schüttelte den Kopf und schmiegte sich noch fester an ihn, als wollte sie in ihn hineinkriechen. „Ich musste an den Liedtext und an die einsame Sängerin damals in Schottland denken. Ich habe solche Angst!"

Kube erinnerte sich; damals hatte Marilyn dieselben Worte gebraucht, damals in Mariawald.

Ihm fiel nichts anderes ein, sie zu trösten: „Komm, mein Engel, Du brauchst keine Angst zu haben, ich bin immer bei dir!" Er dachte: „Vielleicht sollte ich nicht mehr das Lied spielen und darüber improvisieren."

Kube blieb heute bei Marilyn, und bald schlief sie in seinen Armen ein. Es dauerte eine geraume Zeit, bis auch er in den Schlaf fiel. Ihm kam immer wieder die Melodie des Liedes in den Sinn; dann wieder hörte er den Gesang der fernen Frauenstimme, die sich plötzlich in Marilyns Stimme ganz in der Nähe veränderte. Erschreckt fuhr er aus dem Halbschlaf hoch, beruhigte sich aber, als er neben sich den den tiefen, regelmäßigen Atem von Marilyn spürte.

Er flüsterte: „Ich werde dich nie verlassen, ich werde auf dich aufpassen, dir wird nichts passieren."

Jetzt kamen die handelnden Personen eines anderen Stücks an sein Bett: Bellman, Schirmeyer, Manes Schmitz, von Flamersfeld, Pater Joachim, der Detektiv, Bernd und Jean, sein Freund vom Mord. Der fragte Kube, was mit dem toten Manes wäre. Kube überlegte und dann zählte sein halbwaches Bewusstsein eins und eins zusammen. *Was ist, wenn der Mörder gar nicht hinter der Urkunde von Manes her war? Wenn da eine Verwechslung vorliegt? Wenn der Mörder zum Beispiel die Mariawalder Regel vermutete?*

Kube fuhr im Bett hoch. „Ja, das ist es!" fast hätte er es geschrien. Er legte sich wieder hin. „Da steckt Bellman dahinter – oder der Schirmeyer ...!" dachte er noch, dann kam wieder sein Freund Jean und zeigte aufreizend mit dem Finger auf ihn und sagte immer wieder: „Du, du!", wobei er mit dem spitzen Finger in Kubes Brust stach. Im Nu saß er wieder aufrecht und merkte, dass sich Marilyns Finger in seine Brust verkrallt hatte. Behutsam löste er ihre Hand und behielt sie dann in der seinen.

Kube, da er sowieso nicht schlafen konnte, machte einen Plan für den nächsten Tag. „Gut, jetzt ist es soweit, die Polizei von meinen Vermutungen und Kenntnissen zu unterrichten." Er hatte eine gewisse Logik in seinem Gedankengebäude gefunden. Und als er die Telefonnummer seines Freundes repetierte, kam er nicht mehr bis zum Ende. Der Schlaf hatte ihn schließlich übermannt und ihn gnädig von seinen quälenden Gedanken erlöst.

Kube ahnte nun, dass entweder Bellmann oder Schirmeyer hinter dem Verbrechen steckte. Um heraus zu bekommen, wer es letztlich ist, legte er seine Köder aus. Aus dem Telefonbuch im Internet erfuhr er die Anschlussnummer von Schirmeyer, und die Durchwahl von Bellman bekam er von der Uni-Zentrale.

Kube fuhr mit seinem Wagen in den Bereich Düsseldorf und suchte eine Telefonzelle für seine Aktion. Er wählte Schirmeyer an; der war sofort selber am Telefon. Damit hatte Kube nicht gerechnet, aber schnell hielt er ein Taschentuch vor die Sprechmuschel: „Herr Kollege, wenn ich so sagen darf. Sie sind zu weit gegangen. Ich werde nicht untätig bleiben." Und aufgelegt.

Dann zurück nach Köln. Und wieder in eine Telefonzelle. Er wählte die Nummer von Bellman. „Tuut - tuut - tuut…". Nach achtmaligem Signal meldete sich dessen Anrufbeantworter: „Bla, bla, bla …"

„Herr Kollege Bellman, Sie sind zu weit gegangen. Ich werde nicht untätig bleiben." Und aufgelegt.

Komisch: am Nachmittag wurde auf Bellmann ein Mordanschlag verübt. Am nächsten Tag informierte Jean Heimbach seinen Freund Kube davon. Er gab die Informationen weiter, die die Polizei von der Werkstatt erhalten hatte: "Bei Bellmans Auto, einem roten Porsche, sollten die Bremsscheiben erneuert werden. Da ging ein Telefonanruf ein vom Büro des Professors, der Professor brauche unbedingt den Wagen, und der werde von einem Studenten abgeholt.

Die Werkstatt machte den Wagen schnellstens fahrbereit und übergab ihn dem Studenten mit der Auflage, nur ja langsam den Wagen zum Professor zu fahren." Soweit die Aussage der Werkstatt.

Jean komplettierte seine Informationen für Kube: „Wir waren natürlich bei Bellman im Krankenhaus. Nun halt dich fest, was der sagte: 'Ich habe nicht in der Werkstatt angerufen; der Wagen kommt, wie mir versichert wurde, repariert zurück. Ich fahre damit los; nach kurzer Zeit funktioniert die Lenkung nicht mehr, ich erwische eine Straßenlaterne und lande nach einem heftigen Unfall, mit einem Schock, im Krankenhaus.' Und dann äußerte Bellman noch die Vermutung, dass ein gewisser Schirmeyer aus Düsseldorf dahinterstecke; der habe ihn letzthin noch am Telefon aufs Übelste beschimpft."

„Siehe da, Schirmeyer ist aktiv geworden! Er wollte seinen wissenschaftlichen Widerpart aus dem Weg räumen. Da kommen wir der Sache ja ein wenig näher," dachte Kube. Aber - sein Verstand meldete Bedenken an: „Schirmeyer, ist das denn ein Typ für solche Aktionen?"

Nun gut, ohne dass da ein großer Vertrag zwischen Polizei und Privatmann geschlossen wurde, wusste Kube, was er nun zu tun hatte: zum einen seinem Freund unangenehme Arbeit abnehmen und zum anderen seine eigenen ausgelegten Köder inspizieren.

Im Krankenhaus kannte er sich ja aus, und das Schicksal war ihm wieder einmal günstig gesonnen. Er wusste um die Station von seinem Besuch beim Detektiv her. Und, schau mal an, die nette, etwas zu lang geratene, Schwester hatte wieder Dienst. Sie strahlte ihn an und hätte ihn beinahe umarmt. Aber

Kubes, um die Schultern geworfener, Pullover fiel just in dem Augenblick zu Boden, und er musste sich danach bücken. Ihr Griff ging ins Leere.

„Sie sind wieder da." Sie himmelte ihn förmlich an. „Sind Sie verletzt?"

Kube schüttelte den Kopf.

„Wie schade! - Ich meine, dann kann ich nichts für Sie tun?"

Kube ging auf ihre Bemerkung ein: „Ja schade, dass Sie nicht für mich zuständig sind. - Oder doch? Ich möchte zu Professor Bellman."

Ihre Mine verfinsterte sich: „Sie meinen den Moliere; sind Sie ein Student bei ihm?"

„Ich bin kein Student von Professor Bellman. Aber wieso nennen Sie ihn Moliere?"

„Weiß auch nicht, ich muss nur an den *Eingebildeten Kranken* denken."

Sie wandte sich zu Kube herunter und flüsterte geheimnisvoll: „Der hat nämlich nichts, rein gar nichts!"

„Vielleicht äußerlich nichts. Aber innerlich, sicher einen schweren Schock nach dem Unfall?"

„Ach, junger Mann! Der Herr Professor ist von einigen Chefärzten untersucht worden, ein Neurologe war auch dabei. Und wissen Sie, was die nach ihrer Visite bei der Krankheitsbesprechung übereinkommend festgestellt haben? - Na?"

Sie lauerte einen Augenblick auf Kubes Kommentar. Er zuckte mit den Schultern. Sie fuhr flüsternd fort: „Ich war zufällig im Ärztezimmer und hörte es mit meinen eigenen Ohren: Hochgradiger Simulant! -

Ich dachte zuerst, ich hätte mich geirrt. Als ich dann aber vom Stationsarzt - wissen Sie, dabei lachte er mich an - die Anweisung erhielt, dem Professor einen Kopfverband anzulegen und ihm regelmäßig Placebos zu geben, da war für mich klar, der Professor hat nichts. - Im übrigen, der Unfall war hier in der Nähe, er ist zu Fuß hier angekommen und hat Krankenhausaufnahme verlangt."

Kube schluckte zweimal; er musste sich bremsen, die Krankenschwester nicht zu umarmen: „Warum sollte er sich denn so verhalten?"

„Warum verhält sich ein Mann so?" echote sie. Dann wechselte sie seinbar das Thema: „Sind Sie verheiratet?"

Konsterniert verneinte Kube diese intime Frage.

„Sehen Sie, deshalb verstehen Sie den Herrn Professor auch nicht. Er hat Probleme mit seiner Frau, und auf diese Weise kann er sich für kurze Zeit Ruhe verschaffen. - Sollen wir einen Privatpatienten wegschicken, der unbedingt bei uns eine Auszeit nehmen will?"

Mit Fortschritt ihrer Erklärungen war die Krankenschwester immer dichter an Kube herangetreten, und nun spürte er förmlich ihren Herzschlag, als sie noch anfügte: „Abgesehen davon, ich kann nicht verstehen, dass jemand Auszeit von einer liebenden Frau braucht. Mein Mann würde sich immer bei mir wohlfühlen."

Kube: „Davon bin ich überzeugt. Ihr Mann würde bei Ihnen das höchste Glück finden, das er sich nur wünschen kann. Ich beneide ihn jetzt schon um diesen Glücksengel."

Es wurde höchste Zeit für Kube, sich abzusetzen. Glücklicher Weise wurde der Glücksengel von einem Patienten gerufen. Kube bedankte sich und verließ mit einem gerufenen „Habe noch einen Termin!" den Krankenhausflur.

So ist das also! Bellman ist gar nicht ernsthaft verunglückt, er spielt das nur. Wir haben also einen Mordanschlag auf Bellman, der gar keiner ist. Da kann doch nur dahinterstecken, dass die ganze Geschichte vom ‚Opfer‘ selber fingiert worden ist, um den wissenschaftlichen Kontrahenten Schirmeyer in Verdacht zu bringen! - Das alles unter der Voraussetzung, dass der Glücksengel die Fakten richtig wiedergegeben hat.

Kube informierte Jean Heimbach über die „Unglücksfolgen" von Bellman und empfahl zur Verifizierung eine Einsicht in die Krankenakte der Station durch die Polizei. Er selber ging davon aus, dass die Krankenschwester Recht hatte und verfolgte in diesem Sinne seine Pläne.

Ein paar Tage später. Marilyn war früh wach geworden und konnte nicht mehr einschlafen; und als sie nach einer erfrischenden Dusche sah, dass Kube immer noch in tiefem Schlaf lag, schrieb sie eine kleine Nachricht an ihn: „Bin auf Recherche, rufe dich nachher an! - Deine Lynn!" Sie vergaß nicht, das Herzchen darunter zu malen.

Sie machte sich auf den Weg zur Uni, das ging am besten mit Straßenbahn und Bus. Zwar waren die öffentlichen Verkehrsmittel um diese Zeit überfüllt, aber sie dachte an ihre Arbeit, an den Bericht über den Tunnelbau in Berlin, und vielleicht konnte für ihren Kube und seinen Kriminalfall auch noch etwas abfallen.

Sie hatte im Vorlesungsverzeichnis gefunden, dass heute um 8 Uhr die Anfängervorlesung *Das Mittelalter im Licht der Wissenschaft* von Professor Bellman stattfand. Und nach der Vorlesung wollte sie dem Prof ein paar Fragen stellen. Dabei müsste sie natürlich äußerst sensibel vorgehen, denn er durfte keinen Verdacht hinsichtlich des Stadtarchivs schöpfen. „Mary, mach es gut!" sagte sie zu sich selber, als sie den Hörsaal betrat.

Die Vorlesungstunde war fast zu Ende, einige Studenten wandten sich um zu der Zuspätkommenden, und der Dozent schickte einen vorwurfsvollen Blick zu ihr, während er fortfuhr: „Unter Berücksichtigung all dieser Fakten ist es absolut nicht zu verstehen, dass es Aussagen dubioser Geister gibt, diese ganze Zeit sei fiktiv, erfunden, nie dagewesen!

Meine Damen und Herren," bei dieser Anrede schauten sich einige der Anwesenden amüsiert an, und auch Marilyn war überrascht, „diese ignoranten Typen nennen sich Studierte, einige haben einen Doktortitel, andere haben sogar habilitiert. Ich möchte mal wissen, woher sie ihre Diplome haben, wo sie die gekauft haben. Nun versuchen sie sich im Schreiben wissenschaftlicher Literatur, was aber in Wahrheit nur Pseudowissenschaft ist, die Ausgeburt eines kranken Gehirns!

Ross und Reiter nenne ich Ihnen beim nächsten Mal. - Guten Tag!"

Die Vorlesung war beendet.

Marilyn ging zum Prof wie auch zwei andere Studentinnen. Sie ließ diese vor; es waren offensichtlich höhere Semester, denn die Beiden hatten Fragen zu einer möglichen Prüfung durch Bellman. Dann war Marilyn an der Reihe. Bellman schaute sie durchdringend an, und sie glaubte zu wissen, warum. Sie wollte ihm den Wind aus den Segeln nehmen und sagte:

„Herr Professor, ich bitte um Entschuldigung für mein Zuspätkommen und für die Störung, die ich verursacht habe."

„Aja," sagte er, wobei er einen Eindruck machte, als ob ihn das gar nicht interessiere. Er schaute sie nur an, ungeniert musterte er sie von oben bis unten und wieder von unten nach oben. Sein kalter Blick verblieb zu lange in ihren dunklen Augen. Ein Gefühl der Abneigung gegenüber diesem Menschen kam ihr und signalisierte höchste Wachsamkeit. Endlich sprach er wieder: „Was führt Sie zu mir; sie sind doch keine Studentin, oder?"

„Sie haben Recht. Ich bin freie Mitarbeiterin beim WDR," sie reichte ihm ihre Visitenkarte. „Ich sitze im Augenblick an einer Sendung über die Flucht durch den Tunnel in Berlin zu Zeiten der DDR."

Marilyn sah die Reaktion bei Bellman, er hatte seine Mimik nicht unter Kontrolle. Seine Augenbrauen hoben sich für den Bruchteil einer Sekunde, und gespannt sah er auf ihre Lippen, als ob er weitere Informationen von ihr erwartete.

Viel zu schnell kam seine Frage: „Und – was wollen Sie von mir. Was kann ich als Professor für Mediavistik in diesem Zusammenhang für Sie tun?"

Marilyn zögerte eine Augenblick; sie wusste, jetzt war der kritische Augenblick da, in dem die Entscheidung über Erfolg und Misserfolg ihres Besuches bei Bellman fallen würde. Sie musste irgend etwas sagen, und sie dachte plötzlich an die Besichtigung einer Burg in der Pfalz. Das Bild der Burg Berwartstein war vor ihrem geistigen Auge, als sie ihre Frage formulierte.

„Herr Professor, in mittelalterlichen Burgen wurden Brunnen durch Felsen hindurch gebaut; sehr häufig wurden Zugänge und Notausgänge durch Arbeiten im Boden gewonnen, auch durch Gestein hindurch. Das alles mit - nach unserer Auffassung - recht primitiven Mitteln. Mit ein wenig Phantasie könnte man dabei von *Tunnelbau* sprechen. Nun die Frage an Sie: Kann man den mittelalterlichen Tunnelbau mit dem in Berlin, wo ja auch mit primitiven Mitteln gearbeitet wurde, vergleichen?"

„Oh, eine sehr interessante Frage," Bellman schaute auf die Visitenkarte, „Mary – ich darf Sie doch so ansprechen. Damit haben Sie gleichsam das Mittelalter in die gegenwärtige Zeit hineingeholt. Die Burgen mit Ihren Türmen und Mauern, Zinnen und Toren, Brunnen, Küchen und Schlafräumen, Notdurftstellen, Rauchabzügen, Zugängen und Notausgängen sind wahre Zeugen einer großartigen Zeit, die von einigen ignoranten Zeitgenossen negiert wird. Mit Ihrer Frage zeigen Sie eine enge Verwandtschaft auf zwischen damals und heute."

Glücklicherweise musste der Herr Professor Luft holen und seinen geistigen Erguss unterbrechen. Marilyn stellte ihre Frage noch einmal:

„Herr Professor, konkret: Wie sehen Sie den Tunnelbau jetzt und damals?" Marilyn beglückwünschte sich insgeheim zu dieser Formulierung. Die ursprüngliche Frage steckte wohl darin, aber sie war, wie sie glaubte, unbemerkt auf das Jahr 2009 und auf den U-Bahnbau in Köln abgedriftet. Sie selbst hatte nichts von der ungesetzlichen Wühlarbeit eines Assistenten von Bellman gesagt. Aber wie würde Bellman nun reagieren?

„Schauen Sie, Mary, die Menschen im Mittelalter können wir in zwei Gruppen einteilen. Einmal ist das die Gruppe A; da finden wir die Menschen, die Macht ausüben können und das auch meistens tun, und zum anderen ist da die Gruppe B mit den Menschen, die keine Macht haben und auf Gedeih und Verderb denen der Gruppe A ausgeliefert sind.

Die Gruppe A wird im Mittelalter repräsentiert durch Adel, Herzöge und Ritter, die Gruppe B durch die anderen, das sind die Bauern, Handwerker. Sie müssen bereitstehen, wenn man sie von oben her zum Kriegsdienst oder zu anderer Arbeit herbeizitiert.

Und wenn nun einer aus der Gruppe A eine Burg bauen oder bei einer bestehenden einen Notausgang zum Beispiel durch zehn Meter dicken Felsen haben wollte, dann ließ er Angehörige der Gruppe B kommen, und sie mussten das machen, auch wenn es zwanzig Jahre dauern sollte.

Sie sehen selbst, bei Ihrem Berliner Tunnelbau ist das anders. Zwar haben wir auch hier die beiden Gruppen. In A sitzt, oder vielmehr, saß die Partei, vereinfacht gesagt, in B waren die normalen Bürger. Die Bürger mussten das tun, was die Partei durchführen wollte.

Aber was den Tunnelbau angeht: hier war heute kein Diktat von oben her gegeben, hier waren Motive das Ausschlaggebende. Ein Motiv beim Berliner Tunnelbau, vielleicht das Wichtigste, war es, in Freiheit zu leben. Ich kann mir aber auch andere Motive beim Tunnelbau vorstellen. Es hätte ein Racheakt an bestimmte Personen sein können, die Aufsicht in der Umgebung des Tunnels hatten und später degradiert werden konnten. Es hätte gewissermaßen sportlicher Ehrgeiz sein können in dem Sinne *Ihr wollt alle im Griff haben, habt ihr aber nicht; ich zeige Euch, dass ich trotzdem etwas Tolles unternehmen kann.* Es hätte bei einem derartigen Tunnelbau auch Geld ein Motivator sein können. Es hätte auch die Aussicht auf eine höhere gesellschaftliche Stellung dahinterstecken können. Es hätte der Antrieb auch der Wunsch sein können, unliebsame Vorgänge zu beenden oder zu vermeiden.

Sehen Sie, liebe Mary, da ist der Unterschied zwischen mittelalterlichem und heutigem Tunnelbau, damals der Zwang, heute die freie Entscheidung nach persönlichen Motiven."

Marilyn war gerädert, aber sie bewahrte ihre Verbindlichkeit: „Vielen Dank, Herr Professor, für die soziologische, gesellschaftsrelevante Sicht. Mich würden allerdings auch die technischen Aspekte interessieren, sehe aber ein, dass ich Ihre Zeit über Gebühr strapaziert habe."

Bellman versuchte ein freundliches Nicken, was Marilyn aber etwas gequält vorkam. Er fasste sie wie zufällig an der Schulter und sagte: „Oh, meine Liebe; gerne würde ich mit Ihnen auch diese Sicht behandeln, leider aber muss ich in ein Seminar; da bin ich bereits zu spät. Aber fragen Sie meine Sekretärin, wann ich im Büro bin, und kommen Sie einfach dorthin."

Er schüttelte ihre Hand und war verschwunden.

In seinem Seminar war Professor Bellman gar nicht aufmerksam; und Norman aus dem sechsten Semester, der das erste Referat hatte, wunderte sich, dass er keine giftigen Kommentare von Bellman zu hören bekam, für die der Prof bekannt war.

Bellman machte sich derweil Notizen zu dem Gespräch mit Mary. Immer deutlicher wurde seine Vorstellung, dass diese Frau etwas über seine jüngste Vergangenheit wusste. Er hatte sie genau bei seiner Antwort beobachtet und kleinste Regungen in ihrem hübschen Gesicht registriert. *Ja, für wie dumm hält sie mich denn? Ich habe doch sofort bemerkt, dass sie ihre Frage beim zweiten Mal ganz anders formuliert hat als beim ersten Mal. Da kam sie doch mit ihrem eigentlichen Anliegen heraus. Ich muss herausfinden, was genau dahinter steckt. Und vielleicht ist sie auch einem Abenteuer mit einem sportlichen Professor nicht abgeneigt.* Also verfolgte Bellman zwei neue Ziele mit einer Einladung an die blonde Marilyn.

Marilyn war noch nicht zu Hause, da meldete sich ihr Handy. Bellman war am Apparat.

„Oh, schöne Frau, wunderbar, dass ich Sie erreiche. Ich habe Sie schon vermisst. Kommen Sie zu mir, und wir können uns über Ihr Anliegen unterhalten. Bitte, sagen Sie nicht nein! Ich halte mir eigens morgen Abend frei, und Sie müssen kommen!"

„So ein Schleimer!" dachte Marilyn; ihr wurde fast übel bei dem Gesülze und bei der Vorstellung, wer sich da artikulierte. Aber sie dachte an ihr Ziel, ihrem Kurt Hilfestellung bei seinen Recherchen zu geben und für sich Informationen zum Mauerbau zu erhalten.

„Okay, Herr Professor, ich komme, sagen wir, gegen 15 Uhr?"

„Oh nein, meine liebe Mary, da bin ich in einer Vorlesung und am nächsten Tag zu einer wissenschaftlichen Tagung der Mediavisten in Wien. Es geht leider nur ab 17 Uhr!"

„Ich melde mich," sagte sie und beendete das Gescpräch.

Marilyn hatte die Information vom WDR erhalten, dass der Sendetermin für Ihren Tunnelbericht von der Redaktionskonferenz festgelegt worden sei. Ein Novum für sie war dabei, dass dieser Termin bereits in zehn Tagen fällig war. So eine schnelle Bearbeitung ihrer Produktionen hatte sie bisher beim WDR nicht erfahren.

Nun hatte sie durch den Gedankenaustausch mit Kube immer neue mögliche Ergänzungen gefunden und war überzeugt, dass sie noch einiges Neue und Interessante zum Tunnelbau beisteuern konnte. Sie rief den Chefredakteuer an und ließ sich das Okay geben, einige Ergänzungen machen zu dürfen. „Aber," hatte er dabei gefordert, „der Termin steht." Und nach kurzer Pause, in der er wohl den Einsatzkalender studierte, hatte er dann hinzugefügt: „Kamerateam 5 ist in den nächsten Tagen frei für Sie."

„Umso besser," dachte Marilyn und vertiefte sich in die Aufgabe, die sie sich selbst gestellt hatte. Sie plante zusätzliche zwei oder drei Interviews, in denen die Meinung, Einschätzung und Stellungnahme zum Berliner Tunnelbau durch Persönlichkeiten des öffentlichen Lebens dargelegt werden sollten.

Sie hatte sofort eine konkrete Vorstellung, wie sie diese Aufgabe lösen wollte. Fragen wie „Sind Sie der Meinung, dass so etwas auch heute gemacht werden könnte? Hier in Köln? Wer würde so etwas machen? Wozu würde jemand so etwas machen? Wie lange würde so etwas dauern? Mit welchen Geräten würde man das machen? Würde das niemand bemerken? Ist das überhaupt gesetzlich?..." Damit wäre ein stärkerer Bezug zum Hier und Heute hergestellt.

Ach, die Liste wird sehr lang werden, und ich muss meine 80:20-Regel anwenden: 80% meiner Fragen werden schließlich von mir verworfen, und nur 20% kommen in die nächste Arbeitsstufe. Aber diese 20% werden es in sich haben!

Und wer bietet sich als Interviewpartner an? Auch auf diese Frage hatte Marilyn aufgrund ihrer Vorplanung sofort einige Antworten zur Hand: Der Inhaber des Lehrstuhls für Mittelalterkunde an der Albertus Magnus Universität zu Köln, Professor Doktor Bellman. Es traf sich so gut, dass Bellman selber einen Termin vorgeschlagen hatte.

"Ich muss ihm sofort eine Terminbestätigung geben," dachte sie. Weiter kommt Bellmans wissenschaftlicher Widersacher aus Düsseldorf, Professor Doktor Schirmeyer, als Interviewpartner in Frage. *Mit dem Interview dieser Beiden kann ich auch Informationen, die mein Kurt für seinen Fall gebrauchen kann, herausfinden!*

Wie wäre es mit Jean als Vertreter einer Institution, die das Ungesetzliche verfolgt? Oder andere aus der Hierarchie über ihm, zum Beispiel dem Polizeichef von Köln! Oder dem Oberbürgermeister? Jetzt heißt es, eine sorgfältige Auswahl von Personen zu treffen.

Nach kurzem Überlegen entschied Marilyn, zuerst einmal Professor Bellman anzurufen, dass sie seiner Einladung folge und käme und schließlich die Aufnahme mit dem Kamerateam vorzubereiten.

Kube saß am Klavier und improvisierte, meditierte also, dachte über die Situation nach und versuchte, Prioritäten für Alternativen zu vergeben. *Ich bin mir der Annahme sicher: Bellman ist der Schuldige, man könnte sagen, die Wahrscheinlichkeit, dass er hinter dem Zusammenbruch des Stadtarchivs steht, ist 95 %. Schirmeyer ist noch nicht ganz draußen vor, ihm weise ich 4 % zu. Das verbleibende 1 % wurde für einen (noch) nicht erkannten und trotzdem bekannten Täter reserviert.*

Er hatte einiges nach dem Starten eines Versuchsballons bei Bellman und bei Schirmeyer herausgefunden. Auf Bellman war daraufhin angeblich ein Anschlag verübt worden, der nur von seinem wissenschaftlichen Kontrahenten ausgegangen sein konnte. Es hatte sich aber herausgestellt, dass dieser Anschlag überhaupt keinen Schaden angerichtet hatte, er war offensichtlich fingiert! Zumindest war das Kubes Meinung.

Nun suchte er nach einem neuen Köder, den er auslegen wollte, um Bellman endlich seine üblen Machenschaften nachweisen zu können. Nochmal sozusagen aus der Position von Schirmeyer zu operieren, hielt er nicht für günstig, dabei konnte dem scharfen Verstand von Bellman ein Licht über gewisse Zusammenhänge aufgehen.

Aus demselben Grunde verwarf er den Gedanken, die *Regula* noch einmal ins Spiel zu bringen.

Nach einer Viertelstunde beendete Kube sein Spiel mit *My way:* er war bei seinem Nachdenken zu einem Ergebnis gekommen.

Er holte die Zeitung vom Vortag. „Ja," sagte er sich, „ich weiß, so ganz legal ist das nicht, und Jean würde hier zumindest mahnend seinen Zeigefinger heben. Aber der Zweck heiligt die Mittel."

Am nächsten Tag kam bei Bellman ein Brief mit *Personlich* und *Eilt* an. Er hielt ihn überlegend, was das zu bedeuten habe, ein paar Augenblicke in der Hand, bevor er ihn öffnete. Der Text war aus Zeitungsbuchstaben zusammengebaut, und angesichts der vielen grammatikalischen Fehler ließ er sich zu einem mitleidigen „Oui!" herab.

Seer jerter profesor,
ich weis weer den Armen Schmiz hops jemacht hatt!

Un dan den Häfd jeklautt.
Füür mein Erinerung könt ich Verjessen wen sie
fünnfdaussende Oirou übrich hetten.
Morje Stazion Jüterzooch 11 Ur Naach.

Bellman schüttelte den Kopf, zerriss den Brief, versenkte die Schnipsel im Papierkorb, ging zum Waschbecken und wusch intensiv die Hände mit Seife und heissem Wasser. *Wer weiß, was für ein Subjekt diesen Schmutz geschrieben hat!*

So sehr sich Bellman auch bemühte, diese unerquickliche Sache zu verdrängen, immer wieder tauchte der tote Manes Schmitz auf, immer wieder ging er zu der erbeuteten Unterlage und vergewisserte sich, dass sie noch da war, immer wieder sagte er sich, dass er doch alles so sauber abgewickelt habe, und immer wieder fragte er sich, wo denn der Zeuge gewesen sein mochte.

Vor dem Abendessen war Bellman dann soweit: Er kramte im Papierkorb und fand unter den Schnipseln Termin und Ort des vorgeschlagenen Treffs. Und als er sie gefunden hatte, stand für ihn fest, sich am nächsten Tag am Güterbahnhof einzufinden. Es ging ihm nicht um eine Rechtfertigung vor dem Zeugen, und überhaupt, einen solchen würde er nie kaufen. *Es ist ja nicht so, dass ich nicht fünftausend Euro entbehren könnte, aber nicht für einen solchen Zweck und auch nicht für so einen Typen, wie er sich bei einem Professor (!) gemeldet hat; das ist offensichtlich ein Ausländer, vielleicht ein Italiener. Auf jeden Fall einer, dem man kölnische Floskeln als Kommunikationsmittel in Deutschland angedreht hat, der sie verbal halbwegs benutzen kann, aber in Schrift total daneben liegt. - Nein, keinen Euro bekommt der. Ich will ja auch nur wissen, was das für ein Zeitgenosse ist."*

So fand sich Professor Bellman, nur aus Neugier getrieben, am nächsten Tag um 11 Uhr am Güterbahnhof ein. Seine Hände ruhten in den Manteltaschen; seine Rechte hielt einen Revolver. Nicht, dass er die Absicht hatte, jemandem etwas Böses zu tun, nein, den Revolver hatte er nur zur eigenen Sicherheit eingesteckt.

Kurz vor Mitternacht verließ er den angekündigten Treffpunkt; nichts Besonderes war passiert. Er war sich sicher, dass sein Erpresser kalte Füße bekommen hatte.

Den Beobachter hinter den großen Müllcontainern hatte er nicht bemerkt, und nach einer Viertelstunde verließ auch Kube das unwirtliche Gelände und sagte halblaut zu sich selber: „Das ist also der große Unbekannte, der X aus meiner Liste …!"

Und dann ging er zu Marilyn.

Im Namen Karls des Großen

Am nächsten Tag.

Marilyn war mit der Straßenbahn auf dem Weg zu Bellman. Komisch, sie hatte nichts dazu getan, sich mit ihm zu treffen. Sie war nach der Kopfwäsche durch Kube auch gar nicht darauf aus, noch einmal den Professor zu treffen. *Vielleicht hat Kurt ja Recht: Bellman ist möglicherweise nicht zu trauen.* "Aber", so dachte sie, "so gefährlich ist er sicher auch wieder nicht!" Und, ehrlich gesagt, es spielte auch die Lust auf ein kleines Abenteuer ein wenig mit! *Einen Professor hochnehmen, das wäre doch was! Ein bisschen flirten mit so einem selbstverliebten Mann wie Bellman, das würde doch Spaß machen!* Und deshalb hatte sie nicht ohne Absicht einen leichten Pullover, darunter eine weiße Bluse, und ihren blauen Minirock angezogen, der ihre wohlgeformten Beine zur Geltung kommen ließ. Die Schuhe hatten nicht zu hohe Absätze.

Bellman hatte sich auch bei ihr zu Hause gemeldet und auf den Anrufbeantworter gesprochen: „Hallo Mary, das Interview ginge morgen Nachmittag um 17 Uhr, allerdings bei mir zu Hause. In den nächsten Wochen bin ich komplett ausgebucht, da haben wir keine Chance mehr. Ich freue mich auf die Unterhaltung mit Ihnen." Und wie zur Wahrung von Anstand und Sitte hatte er hinzugefügt: „Meine Haushälterin ist ebenfalls da!" Dann waren noch Informationen gekommen, wie sie sein Haus erreichen könnte.

Marilyn stand vor einem großen schmiedeeisernen Gittertor, hinter dem ein ekliger, großer Hund an einer langen Kette zerrte. Er knurrte sie böse an, ließ aber das bei anderen Wachhunden zumeist übliche Bellen vermissen. Ansonsten konnte sie nur den Ausschnitt eines offensichtlich riesigen Grundstücks erhaschen, das sie nie in Köln erwartet hätte. Bäume, Büsche und Sträucher verdeckten die Mauer, die um dieses

Grundstück herumlief. Das alles rief bei ihr eine wachsende Abneigung hervor. Aber ihre Neugier, und da war sie nun einmal zu sehr Frau, war noch größer! Sie war nun einmal hier, so argumentierte sie sich selber gegenüber, und drückte den Klingelknopf.

Sofort hörte sie Bellman über die Gegensprechanlage: „Oh, da sind Sie ja, liebe Mary. Kommen Sie, kommen Sie! Immer geradeaus." dann fügte er noch hintenan: „Sie brauchen vor dem Hund keine Angst zu haben." Und das Tor öffnete sich mit leisem Summen. Während sie hindurchschritt, war der vierbeinige Wächter in sicherer Entfernung; doch ließ er sie nicht aus den Augen.

Bellman war hinter einem Fenstervorhang versteckt, wo er einen guten Überblick nach draussen hatte, selber aber nicht gesehen werden konnte. Da kam die junge Frau, sie war ja noch schöner, als er sie in Erinnerung hatte! *Ein Minirock, wohlgeformte Beine, die grazile Figur, die Bluse, der Pullover, der teuflisch aufregende Gang, die weissblonden Haare, die bis auf die Schultern fielen, auf der linken Seite zusammengerafft, die kleine freche Kappe als Krone darüber ...* Bellman saugte alle diese Eindrücke gierig in sich auf.

„Das müsste mit dem Teufel zugehen, wenn ..." dachte er, und seine Phantasie ging mit ihm durch. An den vorigen Abend am alten Güterbahnhof und den üblen Italiener dachte er nicht mehr.

Dann stand er vor Marilyn, begrüsste sie überschwenglich, indem er zuerst ihre Hände aufnahm und dann seinen Arm um ihre Schultern legte. „Ich freue mich so, dass Sie gekommen sind, liebe Mary. Legen Sie doch ab."

Marilyn wurde es unbehaglich zumute. Resolut entwand sie sich seinen Griffen: „Wo ist denn Ihre Haushälterin?" Diese

Frage konnte er so oder so deuten; das konnte bedeuten, dass sie ihn zurechtwies und an seine telefonische Zusage erinnerte, es konnte aber auch bedeuten, dass Bellman nur langsam machen solle, sie könnten ja von jemandem überrascht werden. Und Bellman entschied sich für die zweite Alternative.

„Oh, meine liebe Mary, heute hat mein Haushälterin ihren freien Tag. Ich habe sie gerne gehen lassen. Was soll sie denn auch hier? Den Mantel, den Sie nicht haben, Ihnen abnehmen? Ihnen eine Tasse Tee machen, Ihnen ein Glas Rotwein einschenken? Dafür brauche ich doch keine Haushälterin. Ich freue mich, einer so schönen Frau selber zu Diensten zu sein."

Marilyn versuchte noch einmal, das Steuer in die Hand zu nehmen: „Herr Professor Bellman, sie haben mir ein Interview zugesagt, und das möchte ich jetzt mit Ihnen machen. Einverstanden?"

„Einverstanden. Ich hole Ihnen etwas zu trinken. Was möchten Sie haben?"

„Wasser, Mineralwasser, medium, wenn Sie haben."

Bellman verschwand, und Marilyn sah sich um. Dunkle Eichenmöbel, alte teure Gemälde, zum Teil mit viel Blattgold in der Darstellung sakraler Ereignisse, daneben Grafiken der ersten deutschen Kaiser, eine riesige Bücherwand. Weiter waren mehrere Skulpturen in allen Grössen über das Zimmer verteilt, von Fingergrösse über Handtellergrösse bis hin zur Armlänge: Reiter, gekrönte Häupter, betende Menschen. Nicht alles war ganz, auch viele Bruchstücke, unvollständige Skulpturen, Nachbildungen von Körperteilen lagen herum.

Der dominierende Gegenstand dieser Sammlung war aber eine übermannshohe Figur, die vor dem Fenster stand: unweigerlich wurde der Blick eines Besuchers auf dieses mächtige

Monument aus Terracotta gelenkt! - Marilyn schauderte es, als sie sich vorstellte, in einer solchen Umgebung leben zu müssen.

Bellman erschien wieder und stellte eine Flasche Mineralwasser vor sie hin. Dazu hatte er noch zwei Weingläser mitgebracht, die er mit Rotwein füllte. Er nahm eines hoch und sagt: „Auf Ihr Wohl, schöne Mary!" Dann nahm er einen kräftigen Schluck aus dem Glas. „Köstlich, wie immer!"

Marilyn fixierte ihren Gegner, wie sie früher ihre Gegner beim sportlichen Wettkampf beobachtet hatte. Damals hatte der Fechterhelm sein Gesicht teilweise verdeckt, und so hatte sie ein Gespür entwickelt, aus kleinsten körperlichen Indizien den Zeitpunkt und die Art des gegnerischen Angriffes zu erahnen und ihm zuvor zu kommen. So wusste sie nun, Bellman hatte bisher Finten geschlagen, ihre Bereitschaft zur Verteidigung, Deckung und Angriff abgetastet, und nun würde bald sein Angriff erfolgen!

Ihr Sportsgeist hinderte sie daran, einfach dieses Haus wieder zu verlassen. Ihr Verstand allerdings signalisierte Gefahrenstufe Nr. 1 in der gegenwärtigen Situation. *Hat nicht Kube mich davor gewarnt? Aber wie sollten wir an die wichtigsten Beweismittel für den Crash beim U-Bahn-Bau kommen, wenn nicht in der Höhle des Löwen selbst?* Jetzt musste sie weitermachen!

„Wir wollten uns über die technischen Umstände beim Erdaushub im Mittelalter und heute unterhalten."

Bellman kam auf sie zu, betastete den kleinen silbernen Schmuckring an ihrem rechten Ohr, wies dann auf das dünne silberne Kettchen um ihrem Hals, an dem in der offenen Bluse ein flaches, mit einigen kleinen Diamantsplittern versehenes Edelstahlplättchen hing. Marilyn hielt die Luft an, hoffte inbrünstig, dass er nur nicht die wahre Natur des kleinen Schmuckstücks herausfand und versuchte dann, gleichmäßig und unauffällig weiter zu atmen. Bellman bekam dies alles mit und interpretierte es als eine gewisse Vorstufe einer sexuellen Erregung, die sie gepackt hatte, als er sie ungeniert am Busen berührte.

"Sehr geschmackvoll und wunderbar aufeinander abgestimmt. Dies ist sicher ein Talisman. Allerdings glaube ich, dieses würde besser zu Ihnen passen." Damit holte er aus einer Schublade einen Goldreif von mindestens 10 cm Durchmesser, 2 cm Breite und 1 cm Dicke und hielt ihn an Marilyns linkes Ohr.

Dann sagte er: „Ja, ja, das ist es: der Erdaushub beim U-Bahn-Bau." Marilyns Herz blieb fast stehen. Bellman hatte ihre Reaktion bemerkt, jetzt kam sein Angriff und traf trotz ihrer mentalen Vorbereitung.

„Sehen Sie, im Prinzip brauche ich nicht die technischen Hilfsmittel wie Bagger, Kran, hydraulische Bohrer und Vortriebmaschinen. Mit den primitiven Arbeitsmitteln des Mittelalters, mit einer Schaufel und einer Pickhacke, erreiche ich dasselbe, es dauert nur länger."

Bellman hatte getroffen, 1 Punkt für ihn im Wettkampf!

Er setzte nach: „Trinken Sie doch einmal von dem Wein, er ist köstlich. Wissen Sie, fast fünf Monate dauert es, wenn ein einzelner Mann mit Hacke, Spaten und Eimer einen Gang durch Kies und Lehm aushöhlt. Sie müssen einmal seine Motivation hinterfragen: Fünf Monate Arbeit in Feuchtigkeit, in Dunkelheit und Angst, dass etwas über dir zusammenbricht."

Dann ging er auf die riesige Figur vor dem Fenster zu. „Aber es gibt Forderungen der Geschichte, die uns etwas Derartiges zu tun heißen. Da zählt keine Dunkelheit und auch keine Angst. Diesen Forderungen müssen wir uns stellen, auch wenn mal irgendeiner auf der Strecke bleibt. Kaiser Karl der Große ist das Opfer wert, ist jedes Opfer wert."

Wieder Treffer für Bellman. Marilyn versuchte gar keine Gegenwehr mehr. Sie mochte am liebsten das Florett aus der Hand legen und den Sieg kampflos dem Gegner überlassen.

Sie stand auf: „Ich möchte nun gehen. Vielen Dank."

Bellman schüttete sich das dritte Glas ein und sagte ganz lässig: „Aber nicht doch, schöne Mary. Trinken Sie zuerst mal, kosten Sie den Wein, dann sieht alles ganz anders aus. Sie sind zwar in einer prekären Lage, aber Sie glauben nicht, wie sich nach einem Glas Rotwein die Sichtweise der Dinge, die uns umgeben, verändert."

Marilyn ging entschlossen zur Tür, konnte sie aber nicht öffnen. „Lassen Sie mich sofort gehen, Herr Professor Bellman!"

Dieser blieb ruhig sitzen und grinste aggressiv und provozierend: „Es geht leider nicht. Das ist zu gefährlich für Sie, denn draussen läuft mein Axel frei herum, sie kennen ihn schon, das ist mein scharfer Wachhund. Es wäre doch zu schade für einen so schönen Körper, wie Sie ihn haben, wenn er von einer Bestie verunstaltet würde. Es sieht wirklich eklig und abstossend aus, wenn ein so hübsches Gesicht zerfleischt worden ist oder so wundervolle Brüste, wie Sie haben, mit Zentimeter tiefen Kratzwunden versehen worden sind. Furchtbar!"

Marilyn hatte ihre Fassung wiedergewonnen: Das kann nur ein böser Traum sein, oder Bellman kann das doch nicht alles ernst nehmen! „Hören Sie, Herr Professor Bellman," ihre Stimme war ganz ruhig. „Was Sie hier machen, ist Freiheitsberaubung. Wenn ich Sie anzeige, kommen Sie in den Knast, und Ihr Titel und Ihr Lehrstuhl sind passé!"

Bellman lachte ironisch: „Oh Gott, liebes Fräulein Mary, da habe ich ja gar nicht dran gedacht!" Er stand auf und sprach nun akzentuiert, laut und deutlich zu ihr; jedes Wort war ein Treffer mit dem Florett, den sie nicht mehr abwehren konnte. „Wenn mein Assistent auf meine Veranlassung für die Wissenschaft Grabungen unter dem Stadtarchiv vornimmt und dabei umkommt, wenn eine zweite Person aus demselben Grund stirbt, wenn ich einen eitlen Mann, der mir wichtigstes Forschungsmaterial vorenthält, - ich spreche von dem Ihnen bekannten Manes Schmitz – wenn ich einen solchen einer verdienten Strafe zugeführt habe, glauben Sie dann, dass ich Angst vor einer Anzeige wegen Freiheitsberaubung durch Sie habe?

Sie sind in mein Grundstück eingebrochen, und ich habe Sie zu Ihrer eigenen Sicherheit hier eingesperrt; sozusagen ist das eine Sicherungsverwahrung. Ihr Wort steht gegen meines. - Ja, ich mache vielleicht eine Anzeige wegen Einbruchs.

Aber," und nun wurde seine Stimme wieder verbindlich. Er kam so nahe, dass sie seinen Alkohol geschwängerten Atem riechen konnte. Eklig! „Wir können uns doch dahin einigen, dass Sie mir ein wenig entgegenkommen, und ich keine Anzeige erstatte. - Und den Goldreif gibt es dazu!" Mit den letzten Worten umfasste er ihre Hüften und drückt sie an sich.

Marilyns Knie schoss mit aller Kraft hoch und traf ihn in den Unterleib, so dass er sich vor Schmerzen krümmte. Sie lief zu der Tür, durch die vorher Bellman mit den Getränken gekommen war. Kaum aber hatte sie sie erreicht, als Bellman sich über sie warf und sie ins Gesicht schlug. Als sie sich immer noch wehrte und um sich schlug, drückte er ihr mit aller Gewalt die Kehle zu, bis sie sich nicht mehr regte.

Er holte in der Küche einen Eimer mit Wasser und schüttete ihn über das Gesicht seines Opfers. Nach einigen Schlägen auf beide Seiten des Gesichts gingen langsam ihre Augen auf, und sie sah sich verwundert um. Inzwischen hatte er ein Seil zur Hand und band sie an Händen und Füßen zusammen. Langsam kehrte auch ihr Verstand zurück, langsam begriff sie, was geschehen war und wie ihre Lage war. Sie versuchte, sich zu konzentrieren, wie früher, wenn sie bei einem starken Gegner, der sie überrascht hatte, eine neue Strategie wählte und einen Angriff vorbereitete.

Sie kapierte: das war ein ganz übler Film, ein Horrortrip, in den sie hineingeraten war. Bellman war offensichtlich total durchgedreht. Und sie lag hier bei diesem Irren auf dem Boden, völlig durchnässt!

Soll das das Ende sein, vor dem sie sich immer gefürchtet hatte, seitdem sie bei Pater Joachim in Mariawald gewesen war? Die beim Verkehrsunfall zu Tode gekommene Maria, die Schwester von Pater Joachim, als Hinweis auf ihren eigenen bald bevorstehenden Tod? Trotz ihrer verzweifelten Lage musste sie in sich hinein lachen: *„Beim Verkehrsunfall zu Tode gekommen!" würde es später pietätlos heißen.* Aber ihr Wille zum Widerstand wuchs: „Nein, so nicht. Das wird kein Verkehrsunfall sein. Das wird ganz einfach ein Mord sein - wenn überhaupt!"

Sie gab sich keinen Illusionen hin. Dafür war die Lage viel zu klar: *Bellman hat einiges auf dem Kerbholz, angefangen mit dem Zusammenbruch der U-Bahn-Baustelle, und ich habe in seinen Augen davon gewusst, sonst wäre er nicht mit seinem „Geständnis" gekommen!*

Bellman deutet ihr Lächeln etwas anders; er zeigte sich traurig: „Schöne Puppe, das wollte ich doch gar nicht; aber es musste wohl sein. Wie sieht denn meine Liebste aus! Wer hat sie denn so behandelt? Hat sie jemand bestraft? Wofür? War sie nicht brav, war sie mir vielleicht untreu?"

Marilyn verspürte brennende Schmerzen an Hals und Wangen. Sie wandte sich ab, als er sich über sie beugte. „Aber, Philipp, " den Vornamen hatte sie im Vorlesungsverzeichnis entdeckt; er fiel ihr nun spontan ein, „es ist doch viel schöner, wenn wir uns ein klein wenig darauf vorbereiten und Du mich aus dieser Lage befreist. Dies hier kommt mir so gezwungen vor, und wir werden beide keinen Spaß dran haben!"

Bellman glaubte in seiner Eitelkeit nur zu gerne, dass dieses teuflisch schöne Weib sich nun wohl freiwillig mit ihm abgeben würde. Ein Rest Vorsicht allerdings blieb. Er warnte sie: „Aber nicht, meine Süße, dass Du mir mit Tricks kommst, dann werde ich nämlich sehr, sehr böse!"

Marilyn schüttelte den Kopf und sagte dann: „Philipp, ich muss mich entschuldigen für meine erste Reaktion; aber ich war so überrascht. Es war eine Reflexhandlung; ich hatte keine Absicht, Dir wehe zu tun, und dazu noch da!" Sie versuchte, mit einem unterwürfigen Lächeln glaubwürdig zu erscheinen, als sie mit dem Kopf auf seinen Unterleib wies.

Bellman war eigentlich froh, dass er nun nicht sein männliches Können zeigen musste. Er brauchte unbedingt eine Phase der Erholung für die Folgen des Angriffs dieses Biestes und er sagte sich: „Aufgeschoben ist nicht aufgehoben!"

„Gut, dann sammeln wir beide Kräfte bis morgen. Du kannst Dich später dort auf die Couch legen. Die Fesseln bleiben aber, damit Du mir keine Dummheiten machst."

Sie schleppte sich zur Couch und hüllte sich in die Decke, die ihr Bellman zuwarf.

„Philipp, nur eins noch. Was sollte denn mit der Arbeit deines Assistenten bezweckt werden?"

„Ich kann es Dir ruhig sagen, denn Du wirst niemandem davon erzählen. Im Stadtarchiv wurde die *Mariawalder Regel* aufbewahrt..."

„Ich weiß," unterbrach ihn Marilyn. „Nein, was mich interessiert, ist: Was bezwecktest Du mit dem Tunnelbau?"

Bellmans Eitelkeit war wieder angesprochen; er wusste wieder etwas, was kein anderer wusste. Er antwortete: „Mir war bekannt, dass an einer bestimmten Stelle im untersten Geschoss des Archivgebäudes ein sehr dünner Betonboden war. Vielleicht war ursprünglich dort eine Pumpvorrichtung bei Hochwassereinbruch geplant, keine Ahnung!

Auf jeden Fall wusste ich um diese neuralgische Stelle. Mein Assistent sollte bis dorthin vordringen und sie, wenn nicht anders möglich, mit einem kleinen Bums öffnen!" Bellman grinste selber bei dieser Wortwahl. „Nun wären wir im Haus gewesen und hätten in aller Ruhe die *Mariawalder Regel* suchen können. Durch denselben Tunnel wären wir wieder verschwunden, genau wie Ihre Berliner Leute in die Bernauer Straße."

Marilyn schluckte und unhörbar sagte sie: „So also war das geplant!" und dann laut: „Aber mit dem Bums, von dem Du sprachst, hätte doch alles zusammenbrechen können!"

„Genau. Und so ist es schon vorher gekommen; mein Assistent ist halt ein Opfer im Namen der Wissenschaft geworden. So etwas müssen wir einfach akzeptieren; wir müssen alle Opfer bringen - leider auch Du, schöne Puppe! Kaiser Karl der Große," Bellmans Stimme wurde lauter, während er wieder zu der riesigen Skulptur am Fenster ging, „Kaiser Karl der Große ist einfach zu groß, als dass wir auf Einzelschicksale Rücksicht nehmen müssen."

Mit jedem Wort von Bellman schwand für Marilyn immer mehr die Hoffnung, hier noch einmal lebendig herauszukommen. *Könnte doch Kurt das alles mitbekommen! Er würde alle seine Vermutungen bestätigt sehen. Er würde mich hier herausholen; - aber er weiß gar nicht, dass ich bei Bellman bin!* - Sie hatte ihm keine Nachricht hinterlassen, wo sie hingehen wollte. *Und das Handy?* Sie wühlte mit den gefesselten Händen in ihrer Umhängetasche.

Bellman beobachtete sie: „Das Handy habe ich entsorgt. Wer weiß, was meine Süße damit angestellt hätte!"

Er kam ihr wieder ganz nahe, und sie brauchte alle Konzentration und weibliche Schauspielkunst, ihm nicht ins Gesicht zu spucken oder sich zu wehren. Er sicherte die Fesseln so, dass sie keinen Knoten selber öffnen und sich nicht von der Couch entfernen konnte.

Er küsste sie: „Gute Nacht, Puppe. Und freu' Dich auf morgen. Wir werden uns gut amüsieren." Er holte ihren Talisman an dem silbernen Kettchen hervor, wog ihn in der Hand und versenkte ihn wieder in ihre Bluse, nicht ohne ihre Brüste zu abzutasten. Dabei grinste er sie unverschämt an. Dann verschwand er ins Bad.

Die Nacht war furchtbar für Marilyn; sie lag in unbequemer Haltung auf der Couch, die feuchten Kleidungsstücke klebten kalt an ihrem Körper, die Skulpturen, besonders der riesige Kaiser Karl, verbreiteten im fahlen Licht, das durch die Fenster eindrang, eine gespenstische Athmosphäre. Die Schmerzen an Hals und Gesicht brannten immer mehr, und der Durst wurde fast unerträglich. All dieses von außen Wirkende war schon schlimm; was sich aber in ihrem Kopfe tat, war noch viel schlimmer!

Ihre Gedanken sprangen von Bellman zum Stadtarchiv, vom Stadtarchiv zum Tunnelbau, vom Tunnelbau nach Berlin, von Berlin zum WDR, vom WDR zu Kurt, von Kurt zu Jean, von Jean zu Bellman, von dort zu Schirmeyer, von hier zu Karl dem Großen, zum Mittelalter, zu Bellman, zu dem ekligen Wachhund und dann alles wieder von vorne ...

Dann wurden Seitenwege bei diesen Gedankensprüngen eingeschlagen: *Bellman ist ein rücksichtsloser, äußerst intelligenter Mörder, Mörder von Manes Schmitz; er ist im Nebenzimmer verschwunden und kann jeden Augenblick wieder bei mir auftauchen.*

Der Einsturz des Stadtarchivs mit den zwei Toten wurde durch monatelange illegale Grabungen verursacht, die Bellman veranlasst hatte. Unglaublich, dass der Tunnelbau an so neuralgischer Stelle niemandem auffiel. Aber das war damals in Berlin doch auch so!

Ach ja, ich wollte doch dem WDR nach der letzten Überarbeitung grünes Licht geben zur Produktion des Features. Oder noch besser, vorher die aktuellen Erkenntnisse zum Stadtarchiv einbauen! Oder sollte ich aus dem ganzen neuen Material eine eigene Sendung machen und dann dem WDR anbieten?

Auf jeden Fall werde ich mir mehr Zeit für Kurt nehmen. Der ist infolge meiner Arbeit doch ein wenig zu kurz gekommen. Wir sollten endlich heiraten. Vielleicht in Mariawald bei Pater Joachim?

Aber wie soll das gehen? Dann müsste er doch wissen, in welcher Situation und wo ich bin! Kurt müsste dann mit Jean und einer Hundertschaft hier anrücken und sie rausholen.

Aber Jean wird doch nicht mit seiner ganzen Mannschaft bei dem ehrenwerten Universitätsprofessor Doktor Bellman aktiv werden, nur weil sein Freund Kube ihn darum bittet. Bellman, der den Lehrstuhl für "Frühes Mittelalter" an der Universität zu Köln inne hat, ist ein anerkannter Wissenschaftler. Er kämpft für dreihundert Jahre, in denen zum Beispiel Karl der Große gelebt hat. Wie hat Kube es formuliert? "Da ist ein Schirmeyer, der Bellman dreihundert Jahre rauben will, Schirmeyer ruiniert Bellmans Leben, Schirmeyer will Kaiser Karl den Großen von seinem Sockel stürzen."

Wer von den Beiden hat nun recht? Gab es die Zeit von 600 bis 900, oder gab es sie nicht? Ach, das ist mir so egal!

Ein gefährlicher Hund bewacht dieses Grundstück, der würde Bellman warnen, sollte sich ein Einsatzkommando in die Nähe wagen...

So hatte Marilyn wieder eine gedankliche Runde absolviert! Die Nacht verging nur schleppend, und als die Dämmerung einen neuen Morgen ankündigte, wurde sie Opfer von Albtraum und Phantasie.

Sie lag auf dem Rücken in einem engen Erdgang, in der Hand hatte sie einen Spaten, den sie aber nicht hochheben konnte. Dicht über ihr war eine Decke, von der sich kleine Steine lösten und auf ihr Gesicht fielen. Je mehr herunterfielen, umso heller wurde es in ihrem engen Gang.

Sie erkannte Bellman, der aufrecht vor ihr stehen konnte und wie ein Übermensch auf sie wirkte. Er packte sie an den Beinen und zog sie ins Freie. Sie sah, dass das Licht von einem lodernden Feuer herkam. Bellman beugte sich auf sie herab und flüsterte: „Ich habe Dich gerettet, meine süße Puppe." Und während er mit beiden Händen an ihren Beine hochfuhr, drückte er seine nassen Lippen auf ihre.

Sie war nicht in der Lage, sich zu wehren, sie konnte ihren Kopf nicht bewegen, sie war gelähmt. In das Gesicht vor ihr hineinzuspucken, blieb ein kläglicher Versuch, hatte aber ein furchtbares Ergebnis: Das Gesicht Bellmans verzerrte sich und wurde zum Kopf seines ekligen Wachhundes. Die riesige Bestie packte sie an der Bluse, wobei sie Marilyn mit den Reißzähnen am Busen verletzte, und zerrte sie fort auf das Feuer zu - ein Scheiterhaufen! Bellman, wieder Mensch, trug sie auf die Spitze, ihm schien der Brand nichts auszumachen, ihr aber wurde es heiß und heißer.

Das Feuer züngelte an ihren Beinen hoch, entzündete ihren Rock, dann Bluse und Pullover.

Die Flammen kletterten immer höher, und die Schmerzen an den Beinen, der Brust, an den Armen und dem Gesicht wurden immer größer. Die Hitze wurde unerträglich und raubte ihr den Atem.

Bellman und Bestie − oder war es eins? − tauchten aus dem loderndem Brand und erstickendem Qualm mit riesigem fletschendem und geiferndem Maul und geilen Pranken auf. Sie hörte es ganz genau: „Die Strafe muss sein, alle Hexen gehen denselben Weg, und Du bist die größte Hexe."

Sie wollte noch fragen, was sie denn getan hätte, aber sie konnte nur noch schreien, die Schmerzen waren unmenschlich, und dann ... wurde sie wach.

Ihr Herz schlug bis zum Hals, aber sie gab sich nicht geschlagen. Und als Bellman später kam, ging sie in Angriff.

„Philipp, guten Morgen. Es ist nicht schön, wie Du mich behandelst. Wie soll ich mich so auf das Zusammensein mit Dir freuen?"

Bellman sah sich in seiner Selbstüberschätzung auf dem richtigen Weg und legte seine Hand auf ihre Beine, ganz oben auf die Oberschenkel!

„Du bist ein richtiges Luder; Du weißt, was ein Mann von Dir will und was Du einem Mann bieten kannst. Wie schön für uns Beide!"

„Ich wüsste, wie man das noch intensiver machen könnte! Mein bisheriger Lebensgefährte", es bereitete ihr große Schwierigkeit, diese Worte für ihren Liebsten, für ihr Ein und Alles zu gebrauchen, „mein Lebensgefährte kennt genau Deine Geschichte, genau wie ich. Sollte ich nicht zu Hause auftauchen, dann zählt er eins und eins zusammen, und dann gute Nacht, Philipp. Er wird alles daran setzen, mich hier heraus zu holen und Dich zur Strecke zu bringen. Ich schlage vor, ihn herzulocken und dann ihm unsere Liebe", und auch dieses Wort kam ihr schwer über die Lippen, „vorzuführen!"

Bellman war überrascht, dachte darüber nach, und je länger er sich mit der Vorstellung eines Zuschauers bei seinem Sexspiel befasste, umso mehr konnte er sich damit befreunden. *Den Zuschauer könnte ich ja vorher kampfunfähig machen und anschließend erledigen.*

Marilyn ahnte seine Überlegungen und holte zu weiteren Angriffen mit dem Florett aus: „Der Typ ist mir sowieso ein Langweiler, und so was würde mir unheimlichen Spass machen. Der wird nur ein bißchen aufgelockert, wenn er seine Portion Whiskey into hat. Hast Du Amerikanischen Whiskey hier?"

Marilyn hielt unbemerkt die Luft an. Jetzt kam es drauf an: *Wenn Bellman selber solchen Whiskey hat, muss sie einen neuen Plan angehen.*

„Nein, alle möglichen Drinks hätte ich; aber Amerikanischer Whiskey ist nicht dabei!"

„Na also," dachte Marilyn aufatmend, um dann laut fortzufahren: „Er hat eine Flasche zu Hause, die kann er ja mitbringen."

Bellman ging auf ihren Plan ein. „Gut, ich rufe den Spanner an! Aber mach' uns keinen Ärger, Hexe." Diese Drohung untermauerte er, indem er ein Springmesser holte und entsicherte. Ihre Stimme klang sehr heiser, deshalb reichte er ihr ein Glas Wasser.

Und als er nachher das Handy an Marilyn weitergab, hielt er die Spitze des Springmessers an ihren Hals...

Der Showdown

Kube hatte eine fürchterliche Nacht hinter sich. Er konnte sich am anderen Morgen nur daran erinnern, dass er sich ewig in seinem Bett von der einen auf die andere Seite gewälzt hatte, dass ihm nur die schlimmsten Bilder durch den Kopf geflattert waren, dass ihn immer wieder neue Vorstellungen gequält hatten.

Er wusste, sein Fall ging auf das Ende zu; fast alles war aufgedeckt. Die Indizien sprachen eine eindeutige Sprache, nur der endgültige Beweis fehlte. Und dafür hatte Kube einen Köder ausgelegt. Bellman stand hinter dem Einsturz des Stadtarchivs; aber es musste ihm noch nachgewiesen werden. Marilyn war gerade erst von einem Besuch bei Bellman zurückgekommen; sie hatte ein Interview mit ihm gehabt, vordergründig zum Tunnelbau in Berlin. Sie hatte aber auch Eindrücke im Zusammenhang mit Kubes Verdacht zum U-Bahn-Crash gewonnen und an ihn weitergegeben.

Er, Kube, war fast ausgerastet, als sie von ihrem Gespräch mit Bellman erzählte. Wenn das alles stimmte, was er sich auf diesen Professor zusammengereimt hatte – der Menschenleben beim Einsturz auf dem Gewissen und der einen Mord begangen hatte - , dann würde der auch keine Skrupel haben, Mitwisser kaltblütig aus dem Wege zu räumen! Aber es schien so zu sein, dass Bellman keinen Verdacht geschöpft hatte.

Andererseits, Bellman ist nicht dumm, hat einen durch Studien und Forschungen trainierten Verstand, der nicht nur im Arbeiten und im Umgang mit gedanklichen Konstruktionen und Vorstellungen vertraut ist, sondern auch messerscharfe Schlüsse auf reale Situationen ziehen kann. Wenn der also hinter ihren Verdacht kommen würde? Oder wenn der hinter das Verhältnis von Marilyn und Kube kommen würde? Ja, was dann?

Alles das hatte Kubes Schlaf zu einem Albtraum werden lassen. Aber es war nicht das Schlimmste! Was ihn viel mehr bedrückte, war, dass er seit gestern Abend Marilyn nicht erreicht hatte. Um 19 Uhr hatte er ihre Nummer zu Hause gewählt. Ab 20 Uhr hatte er dann jede Viertelstunde versucht, sie über ihr Handy zu erreichen. Immer war es ein erfolgloser Versuch gewesen.

Um 22.30 Uhr hatte er sich dann entschlossen, der Sache auf den Grund zu gehen. Er war mit einem Taxi zu Marilyns Wohnung gefahren. Aber auch da hatte sich keine Spur von ihr gefunden. Kube hatte ein flaues Gefühl im Magen verspürt, das er auch nicht am Klavier vertreiben hatte können: nach ein paar Takten hatte er damit aufgehört und sich wieder auf den rastlosen Gang durch das Zimmer begeben. Endlich hatte er den Whiskey, den sie vor zwei Wochen von Jean Heimbach geschenkt bekommen hatten, aus der Vitrine geholt, in dem Glauben, mit einem Glas die Situation ändern zu können. Als sich nach drei Gläsern aber keine Änderung eingestellt hatte, war an die Stelle des Glaubens der Wunsch getreten, dass sich mit jedem Glas mehr alles in Wohlgefallen auflösen würde.

Und als die Flasche leer und umgekippt auf dem Boden lag, war die einzige Änderung an der gesamten Situation die, dass ihm furchtbar schlecht war; aber es gab keine Marilyn, die ihn hätte betreuen und bemuttern können. So war Kube weggedämmert.

Nun hockte er in Marilyns Küche, und alles tauchte verstärkt aus seinem Unterbewusstsein hoch. Nach der zweiten Tasse schwarzen Kaffees wurde ihm körperlich ein wenig besser. Dies hatte aber zur Folge, dass er noch tiefer in das seelische Loch fiel, das sich seit dem Verschwinden von Marilyn aufgetan hatte. Die absurdesten Bilder traten vor sein geistiges Auge: Einmal sah er sie auf einem Scheiterhaufen, gekleidet in ein sackähnliches Gewand, und Bellman, in einem

Kardinalsgewand, schritt um sie herum, in der Hand eine brennende Fackel. Ein andermal wieder hatte sie nahezu gar nichts an, hielt die Arme offen und wartete offensichtlich auf Bellman, der mit gierigen Blicken auf sie zu steuerte.

Kube war für einen Augenblick versucht, aus dem Schrank eine zweite Flasche an sich zu nehmen. Doch sein Handy hinderte ihn an der Ausführung; das erste Tonsignal war noch nicht zum Ende gekommen, da hatte er bereits mit zitternden Händen den Anrufer am Ohr.

„Hallo, Lynn?" fragte er.

„Oh, guten Morgen, Herr Doktor Becker!" Es war nicht Marilyn, sondern die arrogante Stimme von Professor Bellman. „Ich hoffe, Sie haben eine gute Nacht verbracht. Wir haben auf jeden Fall eine schöne Nacht verbracht. Wissen Sie, eine Frau wie Mary, das ist schon ein Genuss. -

Aber, Herr Doktor Becker, dafür rufe ich gar nicht an. Es geht um Ihren Verdacht. Da sollten wir uns mal drüber unterhalten. Es ist für viele Menschen nicht zu verstehen, dass es Dinge und Situationen gibt, für die Opfer gebracht werden müssen. Ich lade Sie zu mir nach Hause ein, dass wir darüber einmal sprechen. Ihre bisherige Freundin wird auch dabei sein; sie ist ja offensichtlich von Ihnen über alles informiert. Und gestern Abend konnten wir uns recht persönlich bei einer Flasche Wein darüber unterhalten. Mary ist auf meine Argumente gerne eingegangen. Sie ist ein süßes Ding!"

Kube fühlte sich wie eine Hauptfigur im Kasperletheater: *mit einer riesigen Pritsche schlägt ihm jemand permanent auf den Kopf; er kann sich nicht schützen, und die Zuschauer lachen, grölen und freuen sich, und noch einen drauf, und noch mal und noch mal ...*

Kube sprach stockend, mit rauher Stimme: „Kann ich mal Marilyn sprechen?"

„Oh, Marilyn," er ahmte Kubes Stimme nach, „Marilyn heißt für Sie die Süße, das hat sie mir noch nicht gesagt. - Selbstverständlich können Sie sie sprechen, aber da muss ich mal ins Bad, sie steht gerade unter der Dusche. Augenblick, Herr Doktor Becker."

Da kommt wieder einer mit der Pritsche, und alle Zuschauer grölen, und noch einen drauf, und noch mal und noch mal ...

Dann hörte er ihre Stimme: „Hallo, Kurt. Ich bin's, Lynn. Geht es Dir gut? Wenn Du kommst, bringe doch die Flasche Whiskey mit, die im Bücherschrank steht."

Nein, dazu kannte er sie zu gut: *die ist mir nicht untreu geworden. Das erkenne ich an ihrer Stimme. Da spricht Liebe und Angst, das kenne ich.*

„Lynn, mir geht es gar nicht gut. Aber ich komme, und gib mir noch mal den Bellman!"

„Hier ist Bellman, Professor Doktor Bellman, die Zeit muss sein, Herr Doktor Becker!" Kube kapierte die Zurechtweisung.

„Entschuldigung, Herr Professor Doktor Bellman. Ich werde also kommen. Frage ist, wann und wohin."

„In meine Wohnung um 11 Uhr," und er erklärte Kube, wie er sein Haus finden könnte. Kube legte das Handy zur Seite.

Sie hörten mit dem Schlagen auf. Der Pritschenmann hatte sich verflüchtigt, die Zuschauer wurden still.

„Bringe den Whiskey mit!" hatte sie gesagt. Noch nie hatte sie ihn aufgefordert, ein alkoholisches Getränk bei einem Besuch dabei zu haben. *Und gerade jetzt? Was soll das? Whiskey mitbringen? Den Whiskey, den sie geschenkt bekommen haben? Man schenkt doch nicht weiter, was man selber geschenkt bekommen hat!*

Whiskey, aber den habe ich doch letzten Abend getrunken, den könnte ich ja gar nicht mehr verschenken ... Immer wieder wiederholte er es: *Whiskey aus dem Bücherschrank.* Er ging zum Schrank und schaute sich die Stelle an, wo er gestern Abend die Flasche weggenommen hatte. Da lag ein kleiner Merkzettel "von Jean H." Es war eine Angewohnheit von Marilyn, Geschenke, zum Beispiel Weinflaschen, so zu kennzeichnen, dass sie immer wusste, wer das mitgebracht hatte.

Nun kapierte Kube: Marilyn hat ihm eine verschlüsselte Nachricht gegeben! "Bring' den Whiskey mit " hieß "Bring Jean mit", und das sollte heißen "Bring die Polizei mit". Marilyn war also in höchster Gefahr, Bellman zu allem entschlossen. Und Kube schämte sich, dass er kurzzeitig an Marilyns Liebe gezweifelt hatte. Was da wirklich zwischen den Beiden vorgefallen war, könnte ja später geklärt werden.

Kube schaute auf die Uhr, Jetzt drängte die Zeit. Er wählte die Handynummer von Jean Heimbach und erwischte ihn sofort. Er schilderte ihm alles, was vorgefallen war und was er tun wollte, vermied es aber, dabei vom Verzehr des Whiskey und den körperlichen Folgen zu sprechen. Das war nämlich in seinen Augen nicht relevant und auch nicht kommunikationswürdig.

Jean Heimbach sagte ihm zu, sich der Sache offiziell anzunehmen, und empfahl ihm dringend, nur ja vorsichtig zu sein.

Während Kube sich mit schwerem Kopf auf den Weg machte, organisierte Jean seine Mannschaft. Es war ja nicht so, dass er bisher in der Mordsache Manes Schmitz untätig gewesen war. Er hatte Professor Bellman observieren lassen; zwar nicht permanent und rund um die Uhr; dafür erhielt er keine Leute. Er kannte aber Bellmans Grundstück, wusste, dass dort ein unangenehmes Vieh aktiv werden konnte, und hatte durch einen Studenten Einblick in Bellmans Wissenschaft erhalten. - Nur, den Mord hatte er bisher noch nicht nachweisen können.

Die Mannschaft, mit der sich Jean auf den Weg zu Bellman machte, bestand aus zwei SEK-Kollegen, mehr hatte ihm sein Chef nicht zugestanden, zwei Kolllegen vom Dezernat, dem "Flüsterer" Jupp, PC und der "Weißen Maus" Helga, jeder ein Spezialist auf seinem Gebiet: Jupp konnte mit Tieren umgehen wie kein anderer, Paul Chubois war ein technisches Genie, was ihm den Aliasnamen PC eingebracht hatte, und Helga war in den kritischsten Situationen immer als sachlich und ruhig agierende medizinische Nothelferin in Erscheinung getreten und wurde von den Kollegen deshalb liebevoll "Weisse Maus" genannt.

Die Fahrt zu Bellman kam Kube wie eine Ewigkeit vor. Endlich stand er vor dem Gittertor. Noch bevor er die Glocke in Gang setzen konnte, öffnete es sich.

"Da sieh mal an, der Sportstudent!" sagte Bellman halblaut vor sich hin, während Kube auf das Haus zu schritt; aus dem Augenwinkel nahm er den giftigen Wachhund wahr.

Marilyn kauerte auf der Couch, mit einem Blick erfasste Kube ihre Verletzungen an Gesicht und Hals und ihre geschwollenen Augen. Er machte einen Schritt auf sie zu, aber

Bellman warnte ihn, weiterzugehen und hielt drohend eine Pistole hoch.

„Na, na, Herr Doktor Becker, nicht so stürmisch. es könnte sonst alles so schnell vorbei sein!"

Er öffnete die Tür und pfiff kurz, immer mit der Pistole herumfuchtelnd. Der Hund erfasste sogleich die Lage, setzte sich, sein hässliches Gebiß entblößend, vor Kube und ließ ihn nicht aus den Augen.

„Wir kennen uns, nicht wahr? Man trifft sich immer zweimal; für uns war es damals auf dem Begräbnis meines Assistenten, und dann heute auf Ihrer Totenfeier.

Trinken Sie doch zuerst einmal einen Whiskey auf unser aller Wohl, Herr Doktor Becker, Sie haben ihn doch dabei?"

Kube hatte noch immer nicht die Nachwehen seines alkoholischen Exzesses überwunden; er musste sich an einem Stuhl stützen und ohnmächtig zusehen, wie Bellman mit einer Hand die Fussfesseln bei Marilyn löste, dabei ihre Beine hochfuhr, weit über die Knie!. Mit der Pistole hielt Bellman Beide im Schach, und zudem: der Gifthund vor Kube schien absolut nicht zum Spielen aufgelegt zu sein!

„Ach, sieh mal einer an! Diese Süße hat ja gar nicht Unrecht, wenn sie sagt, dass der Herr Doktor sich gerne dem Alkohol hingibt, bis er nicht mehr stehen kann."

Bellman zerrte Marilyn hoch, so dass sie neben ihm zu stehen kam. Dann wandte er sich gönnerhaft wieder seinem Gast zu.

Kube sprach zu Bellman: „Pack' sie nicht an, Du Schwein!"

Bellman lässig: „Aber, Herr Doktor Becker, ich möchte Sie bitten, sich einer weniger rüden Sprache zu befleißigen. Ich glaube, der Alkohol hat Sie realitätsfremd werden lassen. Sie verkennen Ihre Lage! Marilyn, wie Sie sie nennen, und ich werden uns vor Ihren Augen vergnügen, bevor wir dann zum für Sie unangenehmen Teil unserer Vorführung kommen.

Unangenehm ist mir zum Teil die Geschichte auch: ich muss alle Spuren beseitigen, hier drinnen und dann draussen im Garten. Blut auf dem Boden hat eine ungeheure Faszination, es ist daran etwas Archaisches, es spricht uns im Innersten an, vor allem uns Männer, lieber Herr Doktor Becker. Leider kann ich es nicht lange hier geniessen, denn ich bekomme ab und an Besuch, und meine Haushälterin – schade, Sie werden sie nicht mehr kennenlernen – hat überhaupt keinen Sinn für solche wunderbaren Relikte.“

Die absurde Situation und dieses irre Gerede von Bellman sorgten eigenartiger Weise dafür, dass Kube langsam seine Gedanken ordnen konnte und die alte Energie wiederfand.

Das war alles logisch, was hier ablief. *Bellman wird ertappt und versucht nun, alle Mitwisser zu beseitigen. Er, Kube, hat zu hoch gepokert, hat Bellman immer wieder eine neue Falle stellen wollen und ist dabei selbst in das Fangeisen geraten. Bellman ist klar, dass Marilyn und Kube alles von ihm wissen, und in seinen verkehrten Gedankengängen ist es nur logisch, alles zu beseitigen, was gegen ihn spricht.*

Kube wusste, dass sie nur eine Chance hatten: Sein Freund Jean musste bald eintreffen. *Soweit kann er doch nicht sein!*

Er versuchte, Zeit zu schinden: „Herr Professor, wenn ich Sie richtig verstehe, möchten Sie zweierlei, erstens wollen Sie Ihre Aktivitäten zur *Regula Nemoris Mariae* verdecken; Sie haben den Einsturz des Stadtarchivs mit verursacht und dabei den Tod zweier Menschen verschuldet. Anschließend haben Sie einen Anschlag auf Ihr Leben durch Ihren wissenschaftlichen Widersacher Schirmeyer vorgetäuscht. Zudem haben Sie einen Unbeteiligten, Herrn Manes Schmitz, ermordet und die wichtige Urkunde an sich genommen.

Zweitens wollen Sie Sex mit Mary. So wie sie ausschaut, haben Sie es bereits einmal versucht, sind aber an Ihrem Widerstand gescheitert. Offensichtlich hapert es bei Ihnen nicht nur an moralischer Qualität, sondern Sie sind auch nicht gerade der Traum einer jungen Frau!"

Peng, das hatte gesessen! Bellman zuckte zusammen, wurde rot vor Zorn, und drückte die Pistole tief in Marilyns Rücken. Der Hund knurrte, erhob sich, schaute abwechselnd auf sein Alphatier und dann wieder auf Kube und wartete offensichtlich auf Befehl zum Angriff.

„Bleiben Sie da stehen, Herr Doktor Becker! Ich werde Ihnen mal was sagen: Das Mittelalter ist die wahre Zeit in der Geschichte des Europäischen Menschen. Nicht die Geschichte der Ägypter und Juden, nicht die Geschichte der Griechen und Römer, nicht die Geschichte der Germanen und Kelten ist das, was den neuen Menschen geformt hat, es ist die Geschichte der Merovinger und Franken, die Geschichte Karls des Großen.

Nennen Sie mir eine Kunst, in der Karl der Große – ich sage sogar Karl der Größte" - und dabei zeigte er auf die riesige Figur am Fenster - „ nicht der Erste, nicht der Förderer und nicht der Meister war, ob Sie nun Musik, ob Malerei, ob bildende Kunst, ob Rechtswesen, ob Sie Kriegskunst oder Literatur und schulische Bildung aufführen - In allem war Karl der Große eben der Größte.

Und so ein Untermensch wie Schirmeyer bestreitet das! Ja, und Sie stecken auch dahinter, Herr Doktor Becker, Sie und diese Schlampe!" Bellman schrie es fast heraus.

Kube rief sich zur Ordnung: *Vorsicht! Schon gut, diese Provokationen, sie zeigen die Verwundbarkeit von Bellman. Aber es könnte auch zu einer Kurzschlusshandlung durch eine der beiden Bestien kommen, denen ich und Lynn, unbewaffnet wie wir sind, hilflos ausgeliefert sind.*

Er versuchte, seinen Widerpart von der Unlogik seines Handelns abzubringen und Zeit zu schinden: „Herr Professor Doktor Bellman, es gibt Leute, die sich erinnern werden, dass eine junge blonde Dame in Ihr Haus gegangen ist, ebenso wird sich ein Taxifahrer melden, der gesehen hat, dass ich hier in der Nähe ausgestiegen bin. Wie wollen Sie dann unser Verschwinden erklären?"

Bellman wusste zu allem eine Antwort: „Wer sagt Ihnen denn, dass es niemanden geben wird, der Sie oder diesen blonden Teufel herauskommen sieht?." Und er wartete auf den Applaus, der ihm seiner Meinung nach für seine Raffinesse gebührte. „Ich bin auf alles vorbereitet, glauben Sie mir: auf alles! Ich habe hundert Mal eine solche Situation, wie wir sie jetzt haben, durchgespielt; dass Sie nun in diesem Stück mitagieren, mag Ihr Pech sein. Aber darauf kann ich, auch im Namen seiner Heiligkeit, Karls des Größten, keine Rücksicht nehmen."

Kube war verwirrt: „Wie wollen Sie das anstellen?"

„Ganz einfach, junger Mann. Es wird jemand aus dem Gartentor treten, der so aussieht wie Mary, und später wird ein schwankender Doktor Becker, der wieder mal zu tief ins Glas geschaut hat, mein Haus verlassen. Ich bin sicher, ich wäre ein guter Schauspieler geworden; Talent dazu ist mir nach unseren Aufführungen im *Fallobst,* einem über Köln hinaus bekannten Studententheater, bescheinigt worden."

Kube hörte nur *Fallobst,* und hätte nicht vor ihm ein Irrer gestanden, der mit einer Pistole Marilyn und ihn selbst mit einer Kampfbestie bedrohte, er hätte laut lachen können. Aber das hier war wirklich nicht zum Lachen!

Wo blieb denn nur Jean? Kube bekam langsam Angst, dass das mit seinem Freund nicht klappen würde, und er dachte verschärft über eine eigene Rettungsaktion nach. Alles durfte passieren, nur ja nichts seiner Marilyn!

„Herr Professor Doktor Bellman, klären Sie uns wenigstens auf, was hinter der *Mariawalder Regel* steckt. Wenn wir schon für Kaiser Karl den Großen geopfert werden sollen, haben wir auch ein Recht an Aufklärung."

Bellman war wieder der alte. Süffisant ging er auf Kubes Anliegen ein: „Junger Mann, Sie haben absolut kein Recht. Ich habe das Recht, weil ich die Macht habe, und ich spreche Recht über Sie. Karl der Große legitimiert mich, ich brauche kein Gesetz dazu. Die Größe des Mittelalters wird durch jedes Opfer gesteigert, das für es gebracht wird. Ich bin stolz darauf, Sie in diesem Sinne zu opfern.

Sie haben kein Recht, aber ich werde Ihnen freiwillig sagen, was in der *Mariawalder Regel* steht, und warum sie von mir und Schirmeyer so fanatisch gesucht wurde. Sie werden dann überzeugt sein, einen wertvollen Beitrag zur Erforschung des Mittelalters und zur größeren Ehre von Karl dem Großen," - und wieder zeigte er auf die Figur vor dem Fenster - „geliefert zu haben."

Es gab einen dumpfen Knall, das Glas der Verandatür splitterte, es kullerte etwas durch die Öffnung in den Raum, es knallte nochmal, ein greller Blitz nahm allen für Sekunden das Vermögen, irgendetwas zu erkennen. Der Hund verschwand wimmernd, mit eingezogenem Schwanz, durch die Tür, wo der Flüsterer sich seiner liebevoll annahm.

Kube sah, wie Marilyn zusammenbrach, machte einen Hechtsprung auf Bellman, fiel dabei zu Boden, hörte noch ein paar Sekunden lang von den Aktionen im Zimmer, dachte noch: „Gut, Jean ist mit seinen Leuten gerade recht gekommen!" bevor es schwarz um ihn wurde. Blut lief aus einer großen Wunde an seiner rechten Stirnseite.

Tatsächlich, Jean Heimbach war zur rechten Zeit gekommen, hatte aber nicht verhindern können, dass Bellman bei dem Überfall die Pistole noch zweimal abfeuerte, einmal auf die vor ihm stehende Mary und dann noch auf den heranfliegenden Kube.

Jean nahm Bellman in einen Polizeigriff, legte ihm Handschellen an und klappte das Visier seines Schutzhelms hoch. Er schaute sich um. Mit einem Wink gab er der Weißen Maus zu verstehen, dass sie sich um die Beiden, die am Boden lagen kümmern sollte. Das war aber nicht nötig, Helga saß bereits neben Marilyn auf dem Boden, versuchte, mit einem Notverband das Blut zu stillen, das aus einer Wunde im Rücken trat, und rief dann per Handy einen Notarztwagen herbei.

Kube legte sie einen Verband um den Kopf an, der nach kurzer Zeit vom durchsickernden Blut verfärbt war. Mehr konnte die Weiße Maus für ihn nicht tun.

Der kam kurz zu sich und robbte auf Marilyn zu. Sie sah ihn unendlich liebevoll an und versuchte, ihm mit den Händen entgegen zu kommen. Jean erlöste sie von ihren Fesseln. Dennoch brachte sie die Arme nicht hoch. Blut quoll aus ihrem Mund zur Seite. Kube dachte noch: „Lynn hat sich aber ungeschickt geschminkt!" bevor er wieder bewusstlos wurde. Das Blut tropfte auf ihr gelbblondes Haar, auf die weiße Bluse, auf den dicken Perserteppich. Ihre Augen öffneten sich und schauten neugierig umher. Dann fiel ihr Kopf zur Seite.

Jean wandte sich ihr zu. „Darf ich?" fragte er sie, obwohl er sah, dass sie gar nicht mehr antworten konnte. Er meinte das Amulett! - Er löste das Kettchen und nahm das Amulett an sich.

Der Notarzt ließ Kube und Mary in den Krankenwagen legen und setzte die begonnene Wiederbelebung während der Fahrt zum Krankenhaus fort. Die Weiße Maus Helga begleitete sie.

Jean wandte sich seinem Gefangenen zu, der in Handschellen vor ihm saß und ihn mit spöttichem Gesicht musterte. Sein Blick wanderte von Jean zum Flüsterer und zu PC, die still im Hintergrund standen.

„Herr Kommissar, ich denke, Sie werden sich etwas Außergewöhnliches ausdenken müssen, wenn Sie Ihren Überfall auf mein Haus und mich begründen sollen. Ich verlange sofortige Befreiung von diesen ekligen Fangeisen, und ihr sofortiges Verlassen meines Grundstücks.

Ich werde sofort eine Anzeige gegen Sie in Gang setzen: Hausfriedensbruch, Beschädigung von fremdem Eigentum, Körperverletzung und Kidnapping, um nur ein paar Delikte aufzuzählen. Ich werde meinen Rechtsanwalt aktiv werden lassen, der kennt sich in solchen Dingen besser aus."

Jean würde ihm Recht gegeben haben, wenn er nicht gewusst hätte, dass Bellman selber alle diese Dinge auf dem Kerbholz hatte, dazu noch den Mord an Manes Schmitz!

„Und wie war das hier? Mit dem jungen Paar, das Sie mit der Pistole bedroht haben?"

Bellman grinste ihn an: „Sehen Sie, junger Mann, als Polizist fehlt Ihnen die Phantasie. Das junge Paar und ich haben uns verabredet zu einem netten Sexspiel. Ich stehe darauf, jungen Leuten dabei zuzuschauen. Es ist doch kein Verstoß gegen irgendein Gesetz, wenn sich Erwachsene dazu zusammentun! Oder, Herr Kommissar?"

Jean Heimann wusste nicht, ob sein Gegenüber nicht doch Recht hatte. „Aber Ihre Pistole, Sie haben doch eine scharfe Pistole, und Sie haben geschossen, auf einen Menschen geschossen!"

Der Professor hatte auch dafür eine Erklärung: „Ich habe einen Waffenschein; der wurde mir zuerkannt wegen der eventuellen Gefährdung meiner mittelalterlichen Sammlung durch Diebe. Und nun, um den jungen Leuten auch eine größere Lust bei ihrem Tun zu bereiten, waren wir überein gekommen, sie bei dem Sexakt mit der geladenen Pistole zu bedrohen! Diese Steigerung des Lustgefühls durch potentielle Tötung beim Höhepunkt wurde vom Marquis de Sade kultiviert und enttabuisiert. Leider ging meine Pistole los, als Sie uns mit ihrem Feuerwerk dabei störten!"

Jean musste seine Übelkeit, die ihn angesichts dieser abstrusen Konstruktionen überkam, bekämpfen. Er ging im Zimmer hin und her, während er seine Gedanken ordnete. Ein Gutes hatten dieser Professor und sein Verhalten! Jean sah genau, wie diese Geschichte enden würde: *er und seine Leute haben wieder einmal einen Fall gelöst, dann geht es vor Gericht, der Schuldige hat einen 'guten' Rechtsanwalt und kommt straflos oder mit einer kleinen Geldstrafe davon.*

Man muss ja beim Verhör diese Verbrecher sogar mit weißen Glaceehandschuhen anpacken, sonst zeigen die einen ja an. Und mittlerweile reicht der Einfluss deren 'Rechtsverdreher' bis nach Brüssel. Oho, die Menschenrechte in Deutschland sind in Gefahr! Kollegen, seid blöd, haltet Eure Köppe hin und tut Gutes allen! Amen! - Die Polizei, Dein Depp und Helfer!

Jean packte eine ungeheure Wut; aber das hatte er in der Ausbildung gelernt: Runterfahren, runterfahren, Emotionen ablegen! Das jedoch konnte er nicht, er wollte es auch nicht, wenn er an seinen Freund Kube und an dessen Freundin Mary dachte. Dann war er wieder ganz Polizist.

„Gut," sagte er und nahm Bellman die Handschellen ab. Dann winkte er dem Flüsterer und PC zu: „Du schau mal nach dem Hund und von Dir brauche ich das Wiedergabegerät aus dem Auto."

Als die Beiden sich entfernt hatten, ging Jean auf Kaiser Karl den Großen zu und versetzte ihm einen Stoß. Karl wankte, und als Jean ihm dann im richtigen Augenblick einen weiteren Stoß versetzte, ging er lärmend zu Boden und machte in seinen Einzelstücken überhaupt nicht mehr den Eindruck eines Respekt heischenden Kaisers.

Mit einem Wutschrei kam Bellman auf Jean zugeflogen, eine kleine Skulptur in der Faust. Aber noch im Anflug erwischte ihn Jean mit einer harten Rückhand, so dass der Professor kurzzeitig vergaß, dass er neben den Trümmern seines Lebenstraums, manifestiert in der übergroßen Skulptur von Karl dem Größten, lag.

PC stand in der Tür und sah mit fragendem Gesicht auf die Szene. Jean erklärte: „Es ist nicht lebensbedrohlich, aber schon bemerkenswert, dass eine so zierliche Frau wie Mary diesen Mann von sich fern gehalten hat! Alle Achtung!" Die gleiche

Erklärung erhielt auch der Flüsterer, als er wenig später auftauchte und die blutende, deformierte Nase von Bellman sah. Sowohl der Flüsterer als auch PC waren damit zufrieden, sie kannten ihren Chef und freuten sich, "dass die hübsche Blonde sich so gewehrt hatte".

Vorsichtig legten sie Bellman die Handschellen wieder an und drückten ihn in einen mächtigen Ledersessel; man wusste ja nicht, wozu dieser noch fähig war, wenn er seine ersten Schmerzen überwunden hatte!

Jean gab PC das Amulett, das Mary in den letzten Tagen getragen hatte. Der verstand und ließ das Wiedergabegerät mit dem Chip laufen. Alle hörten, was zwischen Bellman und Mary abgelaufen war.

„Sehen Sie, Herr Professor, Herr Noch-Professor, es gibt auch kluge Leute außerhalb der Universität. Ich vermute, Sie können fortan für einige Jahre im Klingelpütz Ihre Zuhörer unterhalten; ob die aber darauf erpischt sind, Ihr Gesabbel über Karl den Größten anzuhören, ist wohl mehr als fraglich. Ich werde dafür sorgen, dass Sie die Zelle mit solchen Verbrechern teilen, die einen seltsamen Ehrenkodex haben. Sie gehen unglaublich gegen andere Kriminelle vor, die sich zum Beispiel an Kindern und hübschen jungen Frauen vergangen oder sie gar getötet haben. Oh ja, Herr Noch-Professor, das gibt es. Zuletzt haben Sie einem Pädophilen die Eier abgerissen, und das Wachpersonal hat nichts bemerkt!"

Das stimmte zwar nicht. Es konnte aber nicht schaden, diesem Untermenschen mal ein paar Schweißperlen auf die Stirn zu treiben!

Bellman war blass geworden und auf einmal äußerst kleinlaut. Denn da lief permanent, für alle deutlich hörbar, sein

Geständnis vor Mary, und von seinen Handlungen ihr gegenüber erhielt man auch einen realistischen Eindruck.

Jean sah sich um, nahm diese Skulptur in die Hand, dann jene in kritischen Augenschein, immer verfolgt von den Blicken Bellmans. Vielleicht bekam Jean dabei einen Hinweis auf die *Regula*, die Bellman höchstwahrscheinlich doch hier aufbewahrte. Er stolperte bei der Suche über den rechten Oberschenkel *Karls, des Größten,* oder vielmehr *des Kaputtesten.* Da ragten ein Stück Leder und altes Papier heraus, die bei bestem Willen nicht als Oberschenkelhalsknochen, der hier eigentlich sein musste, anzusehen waren.

Als sich Jean danach bückte, und als Bellman aufschrie und aufspringen wollte – der Flüsterer und PC drückten ihn aber nieder – da wusste Jean, dass er das Corpus delicti, die *Mariawalder Regel,* gefunden hatte. Er nahm sie an sich und definierte die Polizeiaktion für abgeschlossen.

Die Einsatzkräfte verließen das Grundstück Bellmans; der Flüsterer brachte seinen neuen vierbeinigen Freund in ein Tierheim, und der Professor, sonst nur hinter dem Steuer eines roten Porsche zu sehen, hatte Gelegenheit, im Fond eines silber-blauen Polizeiautos, neben sich einen Oberkommissar und vor sich einen Technikfreak in Uniform, einer weniger schönen Zukunft entgegen zu fahren.

Bellman, der bisher nur in höchsten Akademikerkreisen verkehrt hatte, dessen Sprache ganz auf die Vermittlung Mittelalter-Wissens ausgerichtet war, und der sich nach einem Kontakt mit nichtstudierten Menschen die Hände mit Sagrotan wusch, dieser Herr Professor Doktor Bellman musste sich "von uniformierten, befehlsempfangenden Hohlköpfen" einfach wider seinen Willen transportieren lassen! Und dieser Herr Professor Doktor Bellman eignete sich den Jargon der niederen Kaste an, er stieß in seiner Hilflosigkeit laut hervor: „Bullen, verdammte Bullen!" Das geriet aber wegen der zerstörten Nase zu einem unverständlichen Genuschel, das den zwei Beamten trotz der verlustreichen Operation ein stilles Schmunzeln entlockte.

Jean Heimbach ging dem Gedanken nach, den Dienst zu quittieren; als Polizist hatte er sich nicht unter Kontrolle gehabt. Zudem war er zu sehr emotional beteiligt: in diesem Fall waren seine besten Freunde vom Täter gleichsam unter seinen Augen hingerichtet worden – für ihn stand das fest. - *Glücklicherweise ist zumindest mein Freund Kube mit dem Leben davongekommen! Ich will mit der Polizeiarbeit nichts mehr zu tun haben. - Existenzangst? - Überhaupt nicht! In Harz IV werde ich nicht landen, bei jeder Sicherheitsfirma habe ich die besten Chancen. Erika wird da mitmachen.*

Also stellte Jean Heimbach einen Antrag auf Entlassung!

Das Resultat

Kube hatte glücklicherweise nur einen Streifschuss am Kopf und konnte schnell aus der medizinischen Behandlung entlassen werden.

Nun ging er zu Professor Doktor Sparkner in die Gerichtsmedizin. Jean und dessen Frau begleiteten ihn schweigend. Kube nahm die Umgebung nicht wahr; es war, als ob ein Fremder seinen Körper in Besitz genommen hätte.

Im Vorzimmer mussten sie nicht lange warten. Der Professor kam bald und ludt sie in sein Sprechzimmer ein.

„Nehmen Sie doch Platz, Herr Doktor Becker!" - „Und Sie natürlich auch," fügte er hinzu, indem er der Begleitung zunickte.

Sparkner ließ sich Kube gegenüber nieder und fingerte in seinen Unterlagen.

„Zunächst mein Beileid, Sie können mir glauben, ich verstehe Ihre Trauer, ich weiß, was in Ihnen vorgeht. Aber bitte, wenn ich Ihnen nun Einzelheiten zur Obduktion gebe, so ist das meine Pflicht und Ihr Wunsch, so schmerzhaft auch alles sein mag. Ich bin sicher, auf die Dauer trägt die Kenntnis des Ergebnisses zu einer Bewältigung des schlimmen Ereignisses bei."

Sparkner räusperte sich und fuhr dann fort: „Wir haben Hämathome an Armen und Hals der Leiche – hm, Ihrer Braut - gefunden, die auf brutale Einwirkung von außen zurückzuführen sind. Die Hämathome am Hals sind Würgemale, jetzt noch sind die Abdrücke der einzelnen Finger erkennbar. Ich muss annehmen, dass kurzfristig die Atmung ausgefallen ist.

Der Tod ist durch einen Schuss aus nächster Nähe aus einer Pistole mit dem Kaliber 9,5 eingetreten. Die Kugel wurde vom hinteren vierten Rippenbogen abgelenkt und beschädigte die Herzkammer so, dass innerhalb kürzester Zeit der Tod eintrat."

Doktor Sparkner hielt inne; wahrscheinlich wurde ihm bewusst, dass eine sachliche Schilderung in diesem Moment nicht die richtige Art war, jemandem den Tod des nächsten Angehörigen zu vermitteln. Er schaute hilflos von Kube zu Erika, von dort zu Jean, und dann wieder zu Kube.

Endlich schaute Kube mit leeren Augen auf und fragte mit gebrochener Stimme: „Und sonst? Ich meine, Sie untersuchen doch alles. Gibt es sonst noch etwas Wichtiges zu sagen?"

Der Arzt war froh, dass er nicht die ganze Zeit zu stummen Zuhörern sprechen musste. „Ja," sagte er, „ich verstehe, was Sie fragen wollen. Ihre Braut hatte in den letzten Tagen keinen sexuellen Kontakt."

Kube machte sich Vorwürfe, dass er kurz an Marilyns Treue gezweifelt hatte. Dann lief ihm alles durch den Kopf, das lüsterne, arrogante Gehabe von Bellman, die Gewalt, mit der Bellman wahrscheinlich auf sie eingedrungen war, die Angst, die Lynn ausgestanden haben musste, ihre Atemnot, ihre letzten Worte und ihr seltsam neugieriger Blick, als sie starb.

Doktor Sparkner hatte weiter gesprochen, aber Kube war nur mit seiner Erinnerung beschäftigt. Die Worte gingen an ihm vorbei. Jean und Erika sahen ihn seltsam an. Er fragte in die Runde: „Entschuldigen Sie, ich habe nicht verstanden." Und der Professor wiederholte seinen letzten Satz: „Ihre Braut war schwanger, Herr Doktor Becker, der Fötus war etwa ein Monat alt."

Zwei Sekunden Stille. Dann sprach Kube, wie ein leises Echo: „Der Fötus, der Fötus war unser Kind!" Und dann flüsternd: „Ein Kind von Marilyn und mir." Mit leerem Blick erhob er sich, vornüber gebeugt, wie ein kranker alter Mann. Erika ließ ihren Tränen freien Lauf, und auch Jean, der abgebrühte Polizist, schämte sich seiner Tränen nicht.

Kube rückte seinen Kopfverband zurecht und ließ sich von Doktor Sparkner zu Marilyn führen. Draußen warteten seine beiden Freunde, und als er zu ihnen zurückkam, nahmen sie ihn tröstend in den Arm und fuhren mit ihm in ihre Wohnung.

Kube rief am nächsten Tag Pater Joachim an und informierte ihn über die schrecklichen Ereignisse. Er erhoffte sich tröstende Worte, vielleicht auch in totaler Unlogik ein Wunder. - „Absurd!" Er gab sich selber einen Kommentar zu diesem Gedanken.

„Nein," hörte er Pater Joachim sagen, „da gibt es keine Erklärung für. Wir müssen das akzeptieren und wir müssen glauben, dass Gott einen gewichtigen Grund dafür hatte, das zuzulassen. Wissen Sie, Herr Doktor Becker, je mehr Menschen auf der Erde leben, umso mehr Engel braucht der Himmel zu ihrem Schutz. Ihre Braut hat hier ihre Arbeit getan, sie wird oben gebraucht!"

Kube konnte und wollte seinem Gesprächspartner in diesen Gedanken nicht folgen, erkannte aber Pater Joachims Absicht an, ihm seine Teilnahme zu zeigen. Dann hörte er den Vorschlag des Trappistenmönches: „Herr Doktor Becker, Ihre Braut ist mir in der kurzen Zeit der Begegnung ans Herz gewachsen. Wenn Sie wollen, stelle ich Ihnen einen Platz auf unserem Friedhof zur Verfügung. Dort könnte Maria beerdigt werden; sie wäre wie eine von uns, und sie wäre immer in unserer Nähe.

Sie selber dürfen hier bei uns eine Zelle bewohnen und am Leben der Mönche teilnehmen."

Jean Heimbachs Antrag auf Demission war von oben her vorläufig kein Erfolg beschieden. Im Gegenteil: Ihm wurde von seinem Vorgesetzten nach dem schriftlichen Bericht vom Flüsterer und von Chubois gesagt: "Ja, ja, am ehesten Frauen, denen man das nicht zutraut, gehen gegen ihre Peiniger zur Sache. Sie, Herr Heimbach, sind der richtige Mann, die Sache zu Ende zu führen!"

Er hatte den Auftrag erhalten, die sichergestellte *Regula* den Trappisten in Mariawald zu einer ersten Prüfung zu übergeben. Und nun saß er zusammen mit Kube bei Pater Joachim, der ihnen das Ergebnis der klosterinternen Untersuchung vorstellen wollte.

Pater Joachim begann: "Ich danke Ihnen, dass Sie die *Mariawalder Regel* sichergestellt und uns zu einer ersten Begutachtung überlassen haben. Ein endgültiges Zertifikat bleibt einer zukünftigen Sitzung vorbehalten.

Der Text der so genannten *Regula Nemoris Mariae* ist ein Gleichnis aus dem Neuen Testament."

Kube war enttäuscht, er sah kurz Jean an; der aber zuckte mit den Schultern. Kube hatte etwas Bedeutenderes erwartet. Denn wegen eines einfachen Gleichnisses aus dem Neuen Testament wird doch kein Gelehrtenstreit bis aufs Blut geführt, wird kein Stadtarchiv unterminiert, wird kein Mensch ermordet! - Es sei denn, es ist eine bisher unbekannte Geschichte!

Pater Joachim wartete einen Augenblick, lächelte verständnisvoll und erklärte dann die *Regula* weiter: "Das Besondere dieses Gleichnisses ist, dass nicht alle Worte korrekt – das heißt: nicht im Sinne der Vulgata - zitiert sind, dass minimale Auslassungen, kleine Hinzufügungen oder Modifikationen vorkommen. Es ist aber meinen Brüdern und mir nie schwer gefallen, die originale Stelle in der Heiligen Schrift auszumachen. Auch Sie werden sie sofort erkennen.

Ich möchte Ihnen nun die *Regula* in unserer, von meinen Mitbrüdern und von mir vorgenommenen, deutschen Übersetzung vorlesen. Zunächst ohne Kommentar, damit der Gedankenfluss deutlicher wird. Ich habe Ihnen den Inhalt in lateinischer Sprache und unserer Übersetzung kopieren lassen. Beides liegt Ihnen vor.

Ich zitiere die *Regula Nemoris Mariae.*"

Pater Joachim las ganz langsam seine Übersetzung vor.

„Ein göttlicher Mann hatte einen Verwalter, und dieser wurde bei ihm verklagt, er werde untreu seiner schwierigen Aufgabe gegenüber.

Er ließ ihn kommen und sagte zu ihm: Was höre ich über dich? Gib Rechenschaft von deiner Verwaltung.

Da sagte sich der Verwalter: Was soll ich tun, damit mein Herr gnädig ist.

Ich weiß, was ich tue.

Er ließ die Schreiber einzeln zu sich kommen und fragte den ersten: Wie viel schreibst du für meinen Herrn?

Der antwortete: Hundert Jahre, die zum Himmel stinken. Und er sagte zu ihm: Nimm deine ganze Vorsicht zusammen, setze dich und schreibe geschwind weitere fünfzig.

Dann fragte er einen anderen: Und wie viel schreibst du?
Der antwortete: Hundert Chroniken mit dummem Zeug. Und er
sagte zu ihm: Nimm deine Schriften und schreibe weitere acht-
zig.

Der Herr lobte den treulosen Verwalter, weil er klug gehan-
delt habe. Die Kinder dieser Zeit sind klüger als die Kinder der
Zukunft wegen des Lichtes.

Das eine nun, Geliebte, bleibe euch nicht verborgen: bei
dem Herrn ist ein Tag wie hundert Jahre, und hundert Jahre
sind wie ein Tag."

Pater Joachim hob seinen Kopf und sah die Zuhörer an.
„Das war unsere Übersetzung der *Regula Nemoris Mariae*. Sie
ist eingefasst in einen ledernen Umschlag; auf ihm finden wir
die Buchstaben *CMIV P.CH*, über deren Bedeutung wir nicht
spekulieren wollten."

Um Ihnen die minimalen Unterschiede zu dem Original-
text, das heißt zu dem uns in der Vulgata überlieferten Text, zu
demonstrieren, möchte ich einige Beispiele aus dem Gleichnis
bringen. Es handelt sich hierbei, wie Sie erkannt haben werden, um das Gleichnis vom unehrlichen Verwalter, wie es Lu-
kas in 16, 1-10 überliefert hat, und einem Satz aus einem Pe-
trus-Brief.

Die Vulgata spricht von einem *dives homo,* einem *reichen*
Mann, hier heißt es: *divinus homo, ein göttlicher Mann.*

In der Vulgata heißt es: quasi dissipasset bona ipsius, er
verschleudere seine Güter. Hier: *discedet ab onere ipsius, er*
werde untreu seiner schwierigen Aufgabe gegenüber.

In den nächsten Sätzen wird *debitoribus, den Schuldnern,* durch *scriptoribus, den Schreibern* ersetzt, wie auch *debes, schuldest du,* durch *scribes, schreibst du.*

Cados olei, Fässer Öl werden zu *annos olentes,* wörtlich *stinkende Jahre.*

Cautionem heißt sicher *Schuldschein,* wie es im originalen Gleichnis Sinn macht, kann aber auch mit *Vorsicht* übersetzt werden, wie wir es getan haben.

Choros tritici, Malter Weizen wird zu *chronicas tricarum, Chroniken mit dummem Zeug,* und die hinzugekommenen *ceteros* beziehungsweise *ceteras* erlauben unsere Übersetzung *weitere.*"

Pater Joachim machte wieder eine Pause.

An beide Zuhörer war das alles offensichtlich vorbeigegangen. An Jean, weil ihm die Latein-Kenntnisse fehlten, und an Kube, weil er nur an seine Braut dachte, die ihn bei seinem letzten Besuch hier in Mariawald begleitet hatte, und die nun nie mehr an seiner Seite sein würde.

Pater Joachim fuhr fort: „Nach ausgiebiger Untersuchung des Umschlagleders und des sonstigen papierähnlichen Materials, des weiteren der Buchstabenformen und der benutzten Tinte ist das frühe 13. Jahrhundert als Entstehungszeit mit an Sicherheit grenzender Wahrscheinlichkeit anzunehmen."

„Die *Regula Nemoris Mariae* ist demnach 800 Jahre alt," fügte er hinzu. „Das deckt sich im übrigen mit der mündlichen Überlieferung, dass diese Schrift von Bottenbroicher und Kamper Mönchen verfasst wurde, als sie hier in Mariawald das Klosterleben aufbauten. Das war um die Zeit von 1200."

Kube wurde bei den Worten ‚Bottenbroicher und Kamper‘ in die Realität zurückgerufen: „Soweit ich alles verstehe, bestätigt die gefundene Schrift die Ansichten von Professor Schirmeyer, der in seinem Buch *Das erfundene Mittelalter* behauptet, dass aus ganz bestimmten Gründen runde drei Jahrhunderte zwischen 600 und 900 n. Chr. eingeschoben wurden.

Die Geschichte vom ungerechten Verwalter wird zur Geschichte vom untreuen Chef der Schreiber. Wie ich die Organisation eines klösterlichen Schreibsaals durch Sie, Pater Joachim, kennengelernt habe, könnte dahinter der Abt mit seinen Mönchen stecken! Der Abt war in seiner Funktion abhängig vom 'göttlichen Mann', dem Kaiser. Der konnte ihn einsetzen, der konnte ihn bestätigen und der konnte ihn entlassen.

Nach Schirmeyer hatte der Kaiser, vielleicht Otto der Große, vorgeschrieben, historische Personen und Fakten – und Zeiten! - zu erfinden, die seine göttliche Abstammung und Bestimmung legitimieren sollten.

Mit dem Befehl kam der betreffende Abt aus Gewissensgründen nicht klar, und er sollte vom Kaiser zur Rechenschaft gezogen werden.

Was die *Mariawalder Regel* aber berichtet: Um weiter seine Stellung von Kaisers Gnaden zu behalten, hielt der Abt seine schreibenden Mönche an, weitere Jahre zu erfinden und mit zusätzlichen erfundenen Geschichten oder Personen zu konkretisieren.

Der Kaiser war diesem Verwalter wohlgesonnen, und dieser würde seinen Job, wenn ich so sagen darf, behalten!

Pater Joachim, mit Verlaub; ich übersetze Lk. 16,8 einmal wörtlich. *Der Herr lobte den Diener des Unrechts, weil er klug gehandelt habe. Denn die Söhne dieser Zeit sind klüger als die*

Söhne des Lichtes in seiner Schöpfung." - Kube hatte immer eine sehr gute Note in Latein gehabt, und in seinem Studium hatte er die Originalschriften der alten Philosophen fließend und ohne Mühe übersetzen können. - „Und das deute ich so, dass der schreibende Mönch hier den Betrug verschlüsselt dokumentiert hat: denn die Menschen dieser Zeit (der Zeit des Schreibers) wissen mehr (haben nämlich Kenntnis von dem Kalenderbetrug) als die Menschen des Lichtes (das heißt Lichtgestalten, Menschen, der Phantasie entsprungen, die vom Herrn oder vom Diener des Unrechts geschaffen wurden).

In künstlerischer Art wird der ganze Jahrhundertbetrug in der Zusammenfassung noch einmal zitiert: 'Hundert Jahre sind wie ein Tag'.“

Kube hielt ein paar Augenblicke inne. Dann fuhr er fort:

„Bitte, Pater Joachim, wie lautet die Buchstabenkombination, über die Sie kein Urteil abgeben wollen?“

„CMIV P.CH.“

Kube schrieb die Buchstaben auf und sprach nach einer kurzen Pause leise, als ob er mit sich redete: „*Centum Mille Quatuor Post Christum, 904 nach Christus.* Brauchen wir noch einen deutlicheren Hinweis auf die manipulierte Zeitverschiebung als die Jahreszahl in lateinischer Schreibweise für etwas, das Sie auf den Anfang des 13. Jahrhunderts sehen?

Für mich ist klar, dass wir in der *Mariawalder Regel* eine Dokumentation der Unstimmigkeiten im Kalender haben, die Professor Schirmeyer aus Düsseldorf seit Jahren anprangert. Meiner Meinung nach ist dieses Fundstück, die *Regula Nemoris Mariae,* ein Beweis für das erfundene Mittelalter.“

Pater Joachim: „Vorsicht, Herr Doktor Becker, Ihre Latein-kenntnisse und Ihre Logik in Ehren. Aber sie mögen Sie in eine falsche Richtung führen. Auch einige meiner Brüder hatten die gleiche Interpretation vorgenommen. Andere waren dagegen und lasen aus der Buchstabenkombination *Carolus Magnus Imperator Valet, Pater Christianorum – Karl der Große, der Kaiser, er lebe hoch, der Vater der Christenheit!* - Aber ich wollte mich doch gar nicht an Spekulationen beteiligen, und nun bin ich mitten drin."

Pater Joachim musste selber schmunzeln.

„Zuerst: Die von Ihnen zitierte Lukas-Stelle kann so, wie Sie es getan haben, sicherlich wörtlich übersetzt werden. Wir sollten aber respektieren, dass die Übersetzung, wie sie heute anerkannt wird, ein Ergebnis jahrhundertelanger wissenschaftlicher Untersuchungen und Diskussionen ist.

Und dann: Im Petrusbrief, der als letzter Satz in der *Regula* zitiert wird, heißt es nach der Vulgata *mille*, und nicht *centum*, das heißt *tausend*, und nicht *hundert* Jahre. Damit könnte natürlich ein Hinweis auf die von Ihnen vermutete Manipulation gegeben sein.

Aber, schauen Sie, es sind Ihrer Ansicht nach weder tausend, noch hundert, sondern dreihundert Jahre, die hier hinein-gemogelt wurden.

Auch einige meiner Mitbrüder, die an der Untersuchung dieses Textes mitgewirkt haben, sind, wie gesagt, Ihrer Meinung. Letztlich aber kamen wir in der Mehrzahl dahin, den Text als die Niederschrift eines alten, hörgeschädigten, Mönchs anzusehen, der nicht mehr in der Lage ist, die Zusammenhänge in ihrer Tragweite zu verstehen und einfach falsch niedergeschrieben hat, bei dem zudem die Größenvorstellung nicht mehr funktionierte, für den – erlauben Sie den Vergleich

– sowohl tausend, wie auch hundert, jenseits der Vorstellungskraft lag und nur etwas Großes repräsentierte.

Zu außergewöhnlich kam uns die mögliche Interpretation vor, die jeglicher wissenschaftlicher Realität zuwiderläuft. Stellen Sie sich die Konsequenz in der Schirmeyerschen Denkweise vor - auch wir haben uns damit beschäftigt, wir kennen, Dank Ihrer Hinweise, die entsprechenden Schriften - wir leben nach deren Meinung heute nicht im 21. Jahrhundert, sondern im 18. Jahrhundert!

Wäre das wünschenswert? Wäre das sinnvoll? Stellen Sie sich vor, was alles geändert werden müsste: Die Daten der zwei Weltkriege, Ihr Geburtsdatum, mein Geburtsdatum, das Datum des Einsturzes des Stadtarchivs von Köln ... alles müsste geändert werden, alles! - Ich denke, wir sollten das ruhen lassen."

„Aber," fügte er wie zur Beschwichtigung von Kube hinzu, „es wird ja alles in einer hochoffiziellen Untersuchung zur Sprache kommen. Das Stadtarchiv Köln, meine Mitarbeiter, Wissenschaftler für das Mittelalter und Vertreter der Meinung von Professor Schirmeyer wollen sich zusammensetzen und darüber diskutieren, um ein vernünftiges Resultat zu erreichen."

Kube sah, wie es weitergehen, wie diese hochoffizielle Untersuchung ausgehen würde: Das Wichtige würde unter den Teppich gekehrt werden, man würde auf den Fall Bellman herumreiten, ihn dabei auf den Unfall mit einer hübschen WDR-Mitarbeiterin reduzieren, man würde Schirmeyer als ein Unikum, als einen Psychopathen, darstellen und im übrigen die ganze *Lex Caroli*, den Fall Karl des Großen, als nicht wichtig, als Ausgeburt eines kranken Gehirns abtun.

... Hübsche WDR-Mitarbeiterin ...

Kube kam wieder mal, wie so oft in den letzten Wochen, zu Bewusstsein, unter welchem Einsatz er die Klärung dieses Falles erreicht hatte. Sein Liebstes war tot, Marilyn war nicht mehr da. Dankbar hatte er das Angebot von Pater Joachim angenommen, als externer Gast im Kloster verweilen und am Leben der Mönche teilnehmen zu dürfen. So war er immer in der Nähe seiner Lynn, die auf dem Friedhof der alten Abtei begraben werden durfte.

Und als er eines Tages, um 4 Uhr morgens, am Frühgebet der Mönche teilnahm und ihr Beten im Choralgesang erfuhr, setzte er sich, ohne bewusste Einschaltung seines Willens, an den Orgeltisch und begleitete mit dezenten Registern vorsichtig den Gregorianischen Gesang.

Zuerst schauten einige Mönche zum Organisten hin, dann aber nickten sie einander zu, als ob sie sagen wollten: „Schön, das ist es!" Und sie sangen noch glaubwürdiger und kunstvoller ihre Gebete in den dunklen Kirchenraum.

Kube fand hier wieder zu sich selbst. Als das Nachtgebet der Mönche zu Ende war, improvisierte er über ein englisches Volkslied. Im Nachtdunkeln hallten leise die tanzende Melodie und die dazugehörenden Akkorde. Die Mönche blieben in dem heiligen Raum, sie kannten das Musikstück nicht, aber fanden es einfach schön und passend im aufgehenden Morgen. Nur Kube kannte wohl das Stück; es kam ihm aus den Fingern, ohne dass er darüber nachdenken musste.

„Lynn, für dich! – Early, one morning, just as the sun was rising ..."

Epilog
Geborgene Schätze des Kölner Stadtarchivs
(WZ vom 1. Oktober 2010 dpa)

Köln. Beim Einsturz des Kölner Stadtarchivs wurden viele historische Dokumente zerstört oder beschädigt. Jetzt sind einige der geretteten Objekte erstmals wieder für die Öffentlichkeit zu sehen. Das Kölnische Stadtmuseum zeigt vom 3. Oktober an eine Ausstellung "Köln 13 Uhr 58". Präsentiert werden rund 100 Exponate, die nach dem Einsturz des Stadtarchivs geborgen und restauriert worden sind. Zu den Glanzstücken der Schau gehören die Handschrift "Liber de animalibus" von Albertus Magnus aus dem Jahr 1258 sowie der Kölner Verbundbrief von 1396 und eine Akte aus dem Amtsnachlass Konrad Adenauers von 1933.

Kube legte die Zeitung weg. Genau, wie er geahnt hatte: Keine Silbe von der *Mariawalder Regel*. Die Veröffentlichung war zu gefährlich. Das bedeutete aber, dass der wissenschaftliche Streit irgendwann von neuem entflammen würde. Andere Bellmans und andere Schirmeyers würden versuchen, die Schrift in Besitz zu bekommen und sie für die eigene Lehre einzusetzen. Dabei würden sie sich bis aufs Blut bekämpfen. Unschuldige würden dafür ihr Leben lassen, sei es aus Karrieresucht, aus Gewinnsucht, aus Neugier, aus Berufung, oder aus Sinn für Gerechtigkeit.

Er ging zum Grab von Marilyn und legte eine Rose auf ihr Herz: "Und warum musstest du sterben?"

So stand er, bis Pater Joachim ihn sah, ihm seinen Arm um die Schulter legte und ihn sanft, fast zärtlich, in seine Kammer führte.

Nachtrag

Die diesem Krimi zugrundeliegenden Tatsachen sind der Archiveinsturz, die entsprechenden Pressetexte und der Streit zwischen zwei wissenschaftlichen Richtungen zum Sein und Nichtsein von drei Jahrhunderten im Mittelalter. Erfunden wurden alle agierenden Personen und deren Namen; eine etwaige Ähnlichkeit mit lebenden oder toten Personen ist nicht beabsichtigt und rein zufällig.

Wenn Sie als interessierter Leser dieser Dokumentation mehr zu dem wissenschaftlichen Streit um Karl den Großen wissen wollen, verweisen wir Sie auf die Bücher von Heribert Illig

Das erfundene Mittelalter, ECON 1996
Wer hat an der Uhr gedreht? Ullstein 2003

Neben tiefer gehenden Aussagen und Beweisen der Ansichten von „unserem" Professor Schirmeyer finden Sie dort auch die Gegenargumente der klassischen Mittelalterkunde, wie sie in diesem Krimi Professor Bellman vertritt, und entsprechende Literaturhinweise.

B.P. und Team.